新 高 中 會 考 必 讀 （ 文 學 ）

許地山作品選

◎ 劉紹銘 編

三聯書店（香港）有限公司

責任編輯　　舒　非

裝幀設計　　鍾文君

書　　名	新高中會考必讀（文學）·許地山作品選
編　　者	劉紹銘
出　　版	三聯書店（香港）有限公司
	香港鰂魚涌英皇道 1065 號 1304 室
	JOINT PUBLISHING (H.K.) CO., LTD.
	Rm. 1304, 1065 King's Road, Quarry Bay, Hong Kong
香港發行	香港聯合書刊物流有限公司
	香港新界大埔汀麗路 36 號 3 字樓
台灣發行	聯合出版有限公司
	台北縣新店市中正路 542-3 號 4 樓
印　　刷	深圳市美達印刷有限公司
	深圳市福田區八卦嶺工業區 543 棟西 5 樓
版　　次	2007 年 1 月香港第一版第一次印刷
規　　格	大 32 開（137 × 210mm）240 面
國際書號	ISBN 978.962.04.2637.7

總序　放眼天下，志在四方

　　香港教育統籌局為《改革高中及高等教育學制——對未來的投資》，印製了諮詢文件，在 2004 年 10 月至 2005 年 1 月期間分發業界徵求意見。在新高中學制下，中國語文連同英國語文，數學和通識教育組成四個核心科目。

　　在電視新聞節目前播放的國歌影像中，你大概注意到“心繫家國，志在四方”的字樣。站在中國語文教育的觀點看，需要加重“投資”的項目，理應是“志在四方”。“月是故鄉明”，心繫家國，人之常情。香港學子，生於斯、食於斯，在本地受完教育後可以找到合適的工作，不用離鄉背井，向來是大多數人的願望。但時移勢易，相信今日香港青年早已認識到，因全球化引起的社會和經濟結構變化，說不定他們將來也要覓食他鄉。

　　如果要謀生的地方是中國大陸，那麼我們得馬上做準備功夫，多把時間“投資”在中國語文上。大陸同胞說的是普通話，書寫的是“白話文”。我在白話文三字打上引號，用意在說明在中國大陸流行的白話文，有別於香港“八卦傳媒”專用的“白話文”。在大陸文本出現的“溝”，說的要麼是“水道”，要麼是“溝通”，跟沾花惹草行為拉不上任何關係。

　　香港同學日常接觸以方言和俗語為媒介的刊物多了，怕的是到大陸去打工時，滿口“港式白話”，甚至不知不覺的在文件上把人家公司的 CEO 說成“揸弗人”，那就壞事了。香港是廣東人世代聚居的地方，報章雜誌出於生意上的考慮，今後大概還會繼續用“港式白

話"去吸引讀者。形勢既然改變不了，"志在四方"的同學惟有自求
多福。多讀中國現當代經典文學名著，從中吸取可放諸四海而皆準的
中文表達能力，是最實際也最可行的辦法。

單從學習語文的效益着想，選讀作品的標準應以文字的感染力為
先決條件。有感染力，你才會耐心看下去。多讀、細讀，自會產生潛
移默化的效果，日後自己動筆寫作時，心中也有個分寸，懂得"國
語"與港式白話文原來是兩個不同的書寫傳統。

香港三聯書店為了配合教統局"教改"的構想，編製了《新高中
會考必讀（文學）》系列，極切時需。像魯迅、沈從文和老舍這些經
典大家，"志在四方"的香港青年應該熟讀，不但在中國語文和中文
創作的考試中可望取得好成績，而且對個人文學修養也大有益處。將
來如果在大陸上班，遇到生意人，粗通文墨的，你們聊天時，也因此
有一個共同的話題。

教統局的諮詢文件把文學創作列為選修科目中一個單元，旨在通
過感情**"創作或改編文學作品，讓學生享受創作的愉悅，抒發個人的
思想感情。"**寫作其實是訓練思考和分析能力的最佳門徑。有謂"事
非經過不知難"，確有道理。像〈病〉或〈理髮〉這種題目，任誰都
可以執筆為文，因為我們都有過生病和理髮的經驗。可是自己挖空心
思後，再拿出梁實秋的《雅舍小品》來看，説不定會發現自己寫的，
就文字的表達能力和意象的經營而言，實在了無新意。自己在創作上
有過嘔心瀝血的經驗，才會對別人的成就心悦誠服。閱讀和寫作互相
發明，由此可見。有志選修創作課的同學先要多讀詩書，因為胸無點
墨的人寫出來的東西，直像癡人説夢。"放眼天下"的同學選讀文本
時，應記得"取法乎上"這句老話。因此閱讀文學作品，須從經典入

手。像魯迅、沈從文和曹禺這些在文字上自成天地的作家，你熟讀了，下筆便不同以往，肯定會有一番新的氣象。

　　以我教學多年經驗所得，除非你立志在大學主修文科，否則一個人的一生中，能有時間、心情和實際需要去閱讀文學作品的時期，就在中學這短短的幾年光陰。一上大學，本科的功課壓力，蓋地鋪天而來。除非你修通識教育的課程時，遇到一位醉心文學的老師；除非你確認文學作品能幫助你了解自己、認識人生，因而自動自發繼續追隨文學的“繆思”，否則實難想像你有衝勁再踏上文學的因緣路。香港兒女，放眼天下，志在四方，先從“語文增值”開始吧。

二〇〇六年元月三十一日

劉紹銘

識於嶺南大學

許地山（1936 年）

1941 年在香港

香港大學文學院的郊遊活動。右二許地山，右一陳君葆。（1938 年）

1940 年在香港

結婚九周年記念（1938 年）

許地山手跡

排雲飛得衆金鳶破敵轟雷震
九天護國廿七垂宇宙伊來遺象
在凌煙

許地山

司徒喬筆下的許地山（1935年）

前言：文學的許地山

　　我一落筆就用題目畫分界線，用意在說明本文話題只限於許地山（1893-1941）的文學作品。因為這位在燕京大學求學期間即有“許真人”之譽的文人學者，生平涉獵過的學術範圍，實在博雜。他在燕大神學院研究宗教哲學，後來到哥倫比亞和牛津兩家大學繼續進修時，不改其志，只是野心更大，把梵文、印度文學和民俗學等學科也納入研究的領域。

　　他的著作，除《印度文學》、《道教史》上卷和《大藏經索引》這類跟他專業有關的名目外，還有〈近三百年來的中國女裝〉和立意要破除迷信的《扶箕迷信底研究》。據許地山夫人周俟松和邊一吉合撰〈許地山和他的作品〉中引陳寅恪在許地山死後的說話：“寅恪昔年略治佛道二家之學……後讀許地山先生所著佛道二教史論文，關於教義本體俱有精深之評述，心服之餘，彌用自愧，遂捐棄故技，不敢復談此事矣。”

　　文學有文學的許地山。宗教哲學有宗教哲學的許地山。“許真人”還是中國婦女“平權運動”的先驅者。他也是香港傳統教育的“造反派”。1935年，燕京大學教務長司徒雷登（John Leighton Stuart, 1876-1962）排擠校內的“進步老師”，解聘了許地山。許地山除持有英美學位外，更通廣東話和普通話，合符香港大學招聘中文教授的條件。通過胡適的推薦，許地山於1936年應聘為中文學院主任教授。據周俟松在年表所記，港大中國文學課程原以晚清八股為宗，着重四書五經。套用魯迅〈無聲的中國〉（1927）的話：“用的是難懂

的古文，講的是陳舊的古意思，所有的聲音，都是過去的，那就是只等於零的。"

許地山上任後，不想"抱着古文而死掉"，因此身體力行，竭力提倡白話文。他參照內地的課程，把文史哲不分的舊傳統分為文、史、哲三個學系。他反叛傳統傳授"國學"的方式，早有"前科"。在燕大選修本科之餘，他還擠出時間學金文和甲骨文，就是沒有選國文課。因為他說他"瞧不起這裡的國文"。據周俟松的回憶，"實際上當時教國文的幾位老夫子確實十分陳腐迂闊，說不上真才實學。"

在燕大時長髮披肩、奇裝異服的許地山，對研究他生平行述的人說來，確像個千手觀音。他是學者、社會改良分子和教育改革家。你對他以上任何一項的活動有興趣，都可以拿來做專題研究。"文學的許地山"命題之所以成立，因為許地山也是"落華生"。1920年他和茅盾、周作人、葉紹鈞等人在北京籌備"文學研究會"，次年即在機關刊物《小說月報》以落華生筆名發表〈商人婦〉等短篇小說。他對小說這門書寫，一直情有獨鍾。在港大服務期間，除教學外還兼任行政工作，但他還沒放棄寫作。中篇小說〈玉官〉（1939），是他逝世前兩年完成的。

許地山早期的小說，充滿異國情調，洋溢着濃厚的宗教意識，與五四文學啟蒙救亡的大敘述大相徑庭。他的作品，的確是現代中國文學一個異數，當年如是，今天看來亦如是。沈從文早在1930年就寫了〈落華生論〉，那時〈春桃〉（1934）和〈玉官〉這兩篇扛鼎之作還未面世，論點當然片面。給文學的許地山定位的，是夏志清教授。他在1961年出版的《中國現代小說史》開宗明義的說：

　　許地山與他同時的作家最不同的一點是他對宗教的興趣。冰心讚美母愛，是個泛神論者，但她的哲學是建於她幼年的幸福經驗，並沒有關注到宗教上的大問題。反過來看，許地山所關心的則是慈悲或愛這基本的宗教經驗，而幾乎在他所有的小説裡都試着要讓世人知道，這個經驗在我們的生活中是無所不在的。雖然他成就不大，對其他作家的影響更是微乎其微，但他給他的時代重建精神價值上所作的努力，真不啻是一種苦行僧的精神。光憑這點，他已經值得我們尊敬，並且在文學史上，應佔得一席之地了。

　　夏志清寫的是小説史，他説許地山"成就不大"，指的自然是他在這方面的著作。夏教授用了史筆。以小説論小説，許地山的文字拙樸近乎 artless。你讀他的作品，需要相當的耐性，也要習慣他的美學。在〈海世間〉中我們聽到"他"跟一條文鰩魚的對話。"他"對海底世界感到好奇，要求文鰩帶他參觀一下。文鰩潑他冷水，告訴他海底世界沒有什麼，只有又鹹又冷的水。"凡美麗的事物，"文鰩説："都是這麼簡單的。你要他多麼繁複、熱烈，那就不對了。"

　　讀魯迅、錢鍾書和張愛玲的作品，文字本身就是一種享受。許地山小説文字，也許是為了配合宣揚"愛的宗教"福音的關係，倒是"簡單"得像又鹹又冷的海水，鮮見華彩。這種文字，適合於寓言體的小説如〈綴網勞蛛〉。小説結尾時，尚潔對史夫人吐心聲。話相當囉嗦，我只抄一小段：

　　我像蜘蛛，命運就是我的網。蜘蛛把一切有毒無毒的昆蟲喫入肚裡，回頭把網組織起來。它第一次放出來的游絲，不曉得要被風吹到多麼遠。可是等到黏着別的東西的時候，它的網便成了。

　　傳福音的文字，如果用來演繹《儒林外史》或《官場現形記》所描畫的大千世界，讀來有如用 King James Bible 的語言寫成的淫書。二三十年代交替期間，許地山一定聽說過或目睹過不少當時社會的"假大空"現象，痛心疾首，寫了〈在費總理底客廳裡〉（1928）、〈三博士〉（1931）和〈無憂花〉（1932）三篇諷刺小說。陳平原在〈論蘇曼殊、許地山小說的宗教色彩〉說得好："這些小說除證明作家的正義感和良心外，幾乎一無可取。生性善良執着，缺乏幽默感，許地山根本不適宜寫諷刺小說。"

　　張愛玲的媽媽不是文藝女青年，可是她真懂文章箇中三昧。根據張愛玲在〈天才夢〉所說，她媽媽教她煮飯、用肥皂粉洗衣、看人的眼色，最後還叮囑女兒說："如果沒有幽默天才，千萬別說笑話。"

　　許地山的小說，脫不了傳奇架構，人的一生，往往逃不了定數。〈歸途〉讀來像《京本通俗小說》裡〈錯斬崔寧〉的現代版：劫數難逃連番演繹，令人透不過氣來。〈枯楊生花〉裡的小叔經有心人的安排，重逢闊別四十多年的寡嫂，得續前半生未了緣，只能說是一篇依循三言小說"無巧不成書"脈絡寫成的現代傳奇。

　　〈商人婦〉（1921）、〈春桃〉（1934）和〈玉官〉（1939）分別為堅強獨立的女性造像。〈商人婦〉中的福建農村婦女惜官，到南洋去千里尋夫，卻反被丈夫出賣給一印度商人作妾，還給他生了個兒子。商人死後，妻妾爭產，惜官帶了兒子和一個鑽石鼻環溜了出來。靠着一個基督教家庭的幫助和指引，惜官在一家印度婦女學校唸書，完成學業後留在學校當"教習"，自食其力。她要敘事者別為她難過，因為"人間一切的事情本來沒有什麼苦樂底分別。……久別、被賣、逃亡等事情都有快樂在內。"她愛讀的兩本書是《天路歷程》和《魯濱遜漂流記》。

〈春桃〉表面看來沒有什麼宗教色彩，但這篇小說如果不用陳平原所説的"儒家教義、佛學的慈悲和基督教的博愛混合在一起"來解釋，容易誤為"誨淫誨盜"之作。故事很簡單，春桃在鄉下出閣要嫁給李茂那天，花轎進門不久，村人報説大兵要來了，要趕快逃命。春桃從此跟還未完房的丈夫失散，流浪北京，撿爛紙破片為活。為了方便彼此照顧，她跟一個也是難民的男子劉向高同居起來。

春桃一天在街上聽到一個叫化子呼喚她的名字，原來是李茂，兩條腿都沒有了。春桃把他接回家後，馬上面對情義比重難分的問題。李茂是傷殘人士，捨他而去，有損大義。向高是"夥計"，同甘苦多年，怎能對他無情？李茂不想難為春桃，懸樑自盡，幸好及時救了回來。三個都是心腸極好，處處為他人着想的善心人，最後決定隨遇而安，不管什麼流言蜚語，繼續大家扶持，同居下去。這種ménage à trois的男女關係，不合"皇法"，但春桃在這裡遵守的，顯然不是世俗的道德法律。正如陳平原所説，"一夫一妻的信條讓位於愛一切人的神旨。有這種宗教觀念墊底，春桃才可能心安理得，平靜地蔑視世人的非議。"

〈玉官〉是許地山小説最長的一篇。玉官在丈夫死後，立志守節把襁褓孩兒撫養成人，希望他日後能得一官半職，給自己立牌坊。她在一個外國傳教士家中當女傭，對傳道工作感到興趣，後來跟隨好友杏官正式當了傳道士。在外地傳教時，她愛上了一個叫陳廉的小販，但後來發覺他是杏官的丈夫時，就打消了這念頭。玉官的兒子長大，娶了杏官的女兒為妻。兒子不久到美國唸神學。兒媳死於難產後，做奶奶的只好肩負起撫養孫子的責任。

　　共產黨人來了，她因小叔是共產黨員的關係，得到一些照顧，沒有受到太大的苦頭。不幸的是，孫子因跌傷後變成殘廢。就在這當兒，去國多年的兒子終於回來了，但對傳教已無興趣，直接跑到南京去做官。玉官跑到南京跟兒子同住沒多久，發覺無法忍受兒子媳婦的洋化生活。她感懷身世，認識到：

　　自守寡以來，所有的行為雖是為兒子底成功，歸根，這是自私的。她幾十年來底傳教生活，一向都如"賣瓷器底用破碗"一般，自己沒享受過教訓底利益。……她覺得從前的守節是為虛榮，從前的傳教是近於虛偽，目前的痛苦是以前種種底自然結果。她要回鄉下去真正做她底傳教生活。不過她先要懺悔。

　　這是中國現代文學難得一見的靈魂自白。她認識到自己守節養孤是自私行為，因此要懺悔。在基督教教義中，人為自己罪行懺悔後就要做補贖。晚年的玉官回到福建老家，全心全力服務桑梓，就是為了做補贖。但我們不能光憑她的懺悔意識和要做補贖的決心就推論玉官的行為是受到上帝的感召。事實上她不是個模範基督徒。首先，她沒有完全放棄拜祭祖先靈位的念頭，在虔誠的基督徒看來已是"異端"。更會令原教旨主義者大惑不解的，應該是她到外地傳教時，用以"辟邪"的隨身物件，一是《聖經》、二是《易經》。

　　許地山在玉官身上創造了一個 E.M. Foster 在《小說面面觀》（Aspects of the Novel）所說的 rounded character。這類人物的性格隨着個人的經驗轉變而增長。小說開始時的玉官和結尾時的玉官，可說是兩個不同的人物：她從自己的遭遇"驚識"（shock of recognition）自己道德上的缺陷，因而產生民胞物與的愛心。從 penitence（懺悔）到 redemption（救贖）的種種心理轉變，就是人物成長的過程。

文藝創作寫"壞人"的敗德惡行容易，要信而有徵的描繪"好人"超凡入聖的作為就難多了。難怪夏志清説，在唯物主義泛濫的時代中，許地山以無比誠意從事這種吃力不討好的工作，"光憑這點，他已經值得我們的尊敬。"

許地山的散文，應以〈落花生〉最為知名，也最有許地山特色。文本內的媽媽，覺得讓屋後半畝隙地空着荒蕪，實在可惜，乃發動家中的小朋友動土施工種花生。不到幾個月就有收穫。大家共享成品時，父親道出花生的可貴處：小小的豆子不像蘋果、桃子和石榴那樣把鮮艷的果實掛在枝上示人。花生卻埋在地下，要到成熟時挖掘出來才知道它的存在。父親因此結論説："因此你們要像花生，因為它是有用的，不是偉大、好看的東西。"

我們在前文看到，許地山的作品有很強烈的淑世思想。這就是他的特色。在〈願〉內出現的一對夫婦，帶着孩子到南普陀寺郊遊。先生躲在樹蔭下乘涼，覺得舒服極了。但願天天能到這裡來。太太卻對他説："你應當作蔭，不應當受蔭。"接着把話説得更清楚：

我願你作無邊寶華蓋，能普蔭一切世間諸有情；願你為如意淨明珠，能普照一切世間諸有情；願你為降魔金剛杵，能破壞一切世間諸障礙；願你為多寶盂蘭盆，能盛百味，滋養一切世間諸饑渴者；願你有六手，十二手，百手，千萬手，無量數那由他如意手，能成全一切世間等等美善事。

我在前文説過，"文字拙樸近乎artless。你讀他的作品，需要相當的耐性，也要習慣他的美學。"

不論小説也好，散文也好，到了許地山手上，都要變成了情深款

款的言志工具。話說得簡單直接不過。我們記得在〈海世間〉的文鱪魚對要到海底參觀的客人說的話："凡美麗的事物，都是這麼簡單的。你要他多麼繁複、熱烈，那就不對了。"

本文有關許地山生平和出版資料，參考了周俟松和向雲休編的《許地山》(1982)和楊牧編的《許地山小説選》(1984)，特此説明。

劉紹銘

二〇〇六年九月

目　錄

| 散 文 |

願

　　南普陀寺裡底大石，雨後稍微覺得乾淨，不過綠苔多長一些，天涯底淡霞好像給我們一個天晴的信。樹林裡底虹氣，被陽光分成七色。樹上，雄蟲求雌的聲，淒涼得使人不忍聽下去。妻子坐在石上，見我來，就問：“你從哪裡來？我等你許久了。”

　　“我領着孩子們到海邊撿貝殼咧。阿瓊撿着一個破貝，雖不完全，裡面卻像藏着珠子的樣子。等他來到，我教他拿出來給你看一看。”

　　“在這樹蔭底下坐着，真舒服呀！我們天天到這裡來，多麼好呢！”

　　妻說：“你哪裡能夠……”

　　“為什麼不能？”

　　“你應當作蔭，不應當受蔭。”

　　“你願我作這樣的蔭麼？”

　　“這樣的蔭算什麼！我願你作無邊寶華蓋，能普蔭一切世間諸有情；願你為如意淨明珠，能普照一切世間諸有情；願你為降魔金剛杵，能破壞一切世間諸障礙；願你為多寶盂蘭盆，能盛百味，滋養一切世間諸饑渴者；願你有六手，十二手，百手，千萬手，無量數那由他如意手，能成全一切世間等等美善事。”

　　我說："極善，極妙！但我願做調味底精鹽，滲入等等食品中，把自己底形骸融散，且回復當時在海裡底面目，使一切有情得嚐鹹味，而不見鹽體。"

　　妻子說："只有調味，就能使一切有情都滿足嗎？"

　　我說："鹽底功用，若只在調味，那就不配稱為鹽了。"

海

我底朋友説：“人底自由和希望，一到海面就完全失掉了！因為我們太不上算，在這無涯浪中無從顯出我們有限的能力和意志。”

我説：“我們浮在這上面，眼前雖不能十分如意，但後來要遇着的，或者超乎我們底能力和意志之外。所以在一個風狂浪駭的海面上，不能準説我們要到什麼地方就可以達到什麼地方；我們只能把性命先保持住，隨着波濤顛來播去便了。”

我們坐在一隻不如意的救生船裡，眼看着載我們到半海就毀壞的大船漸漸沉下去。

我底朋友説：“你看，那要載我們到目的地的船快要歇息去了！現在在這茫茫的空海中，我們可沒有主意啦。”

幸而同船的人，心憂得很，沒有注意聽他底話。我把他底手搖了一下説：“朋友，這是你縱談的時候麼？你不幫着划槳麼？”

“划槳麼？這是容易的事。但要划到哪裡去呢？”

我説：“在一切的海裡，遇着這樣的光景，誰也沒有帶着主意下來，誰也脱不了在上面泛來泛去。我們儘管划罷。”

難解決的問題

我叫同伴到釣魚磯去賞荷。他們都不願意去，剩我自己走着。我走到清佳堂附近，就坐在山前一塊石頭上歇息。在瞻顧之間，小山後面一陣唧咕的聲音夾着蟬聲送到我耳邊。

誰願意在優遊的天日中故意要找出人家底秘密呢？然而宇宙間底秘密都從無意中得來。所以在那時候，我不離開那裡，也不把兩耳掩住，任憑那些聲浪在耳邊蕩來蕩去。

劈頭一聲，我便聽得："這實是一個難解決的問題。……"

既說是難解決，自然要把怎樣難的理由說出來。這理由無論是局內、局外人都愛聽的。以前的話能否鑽入我耳裡，且不用說，單是這一句，使我不能不注意。

山後底人接下去說："在這三位中，你說要哪一位才合適？……梅說要等我十年；白說要等到我和別人結婚那一天，區說非嫁我不可，——她要終身等我。"

"那麼，你就要區罷。"

"但是梅底景況，我很了解。她底苦衷，我應當原諒。她能為了我犧牲十年的光陰，從她底境遇看來，無論如何，是很可敬的。設使梅居區底地位，她也能說，要終身等我。"

"那麼，梅、區都不要，要白如何？"

"白麼？也不過是她底環境使她這樣達觀。設使她處着梅

6

底景況，她也只能等我十年。”

　　會話到這裡就停了。我底注意只能移到池上，靜觀那被輕風搖擺的芰荷。呀，葉底那對小鴛鴦正在那裡歇午哪！不曉得它們從前也曾解決過方才的問題沒有？不上一分鐘，後面底聲音又來了。

　　“那麼，三個都要如何？”

　　“笑話，就是沒有理性的獸類也不這樣辦。”

　　又停了許久。

　　“不經過那些無用的禮節，各人快活地同過這一輩子不成嗎？”

　　“唔……唔……唔……這是後來的話，且不必提，我們先解決目前的困難罷。我實不肯故意辜負了三位中的一位。我想用拈鬮的方法瞎挑一個就得了。”

　　“這不更是笑話麼？人間哪有這麼新奇的事！她們三人中誰願意遵你底命令，這樣辦呢？”

　　他們大笑起來。

　　“我們私下先拈一拈，如何？你權當做白，我自己權當做梅，剩下是區底份。”

　　他們由嚴重的密語化為滑稽的談笑了。我怕他們要鬧下坡來，不敢逗留在那裡，只得先走。釣魚磯也沒去成。

債

　　他一向就住在妻子家裡，因為他除妻子以外，沒有別的親戚。妻家底人愛他底聰明，也憐他底伶仃，所以萬事都尊重他。

　　他底妻子早已去世，膝下又沒有子女。他底生活就是唸書、寫字，有時還彈彈七弦。他決不是一個書獃子，因為他常要在書內求理解，不像書獃子只求多唸。

　　妻子底家裡有很大的花園供他遊玩；有許多奴僕聽他使令。但他從沒有特意到園裡遊玩；也沒有呼喚過一個僕人。

　　在一個陰鬱的天氣裡，人無論在什麼地方都不舒服的。岳母叫他到屋裡閑談，不曉得為什麼緣故就勸起他來。岳母說：「我覺得自從儷兒去世以後，你就比前格外客氣。我勸你毋須如此，因為外人不知道都要怪我。看你穿成這樣，還不如家裡底僕人，若有生人來到，叫我怎樣過得去？倘或有人欺負你，說你這長那短，儘可以告訴我，我責罰他給你看。」

　　「我哪裡懂得客氣！不過我只覺得我欠的債太多，不好意思多要什麼。」

　　「什麼債？有人問你算賬麼？唉，你太過見外了！我看你和自己底子侄一樣。你短了什麼，儘管問管家的要去；若有人敢說閑話，我定不饒他。」

"我所欠的是一切的債。我看見許多貧乏人、愁苦人，就如該了他們無量數的債一般。我有好的衣食，總想先償還他們。世間若有一個人吃不飽足，穿不暖和，住不舒服，我也不敢公然獨享這具足的生活。"

"你說得太玄了！"她說過這話，停了半晌才接着點頭說，"很好，這才是讀書人'先天下之憂而憂'的精神。……然而你要什麼時候才還得清呢？你有清還的計劃沒有？"

"唔……唔……"他心裡從來沒有想到這個，所以不能回答。

"好孩子，這樣的債，自來就沒有人能還得清，你何必自尋苦惱？我想，你還是做一個小小的債主罷。說到具足生活，也是沒有涯岸的。我們今日所謂具足，焉知不是明日底缺陷？你多唸一點書就知道生命即是缺陷底苗圃，是煩惱底秧田；若要補修缺陷，拔除煩惱，除棄絕生命外，沒有別條道路。然而，我們哪能辦得到？個個人都那麼怕死！你不要作這種非非想，還是順着境遇做人去罷。"

"時間，……計劃，……做人……"這幾個字從岳母口裡發出，他底耳鼓就如受了極猛烈的椎擊。他想來想去，已想昏了。他為解決這事，好幾天沒有出來。

那天早晨，女傭端粥到他房裡，沒見他，心中非常疑惑。因為早晨，他沒有什麼地方可去。海邊呢，他是不輕易到的。花園呢，他更不願意在早晨去。因為丫頭們都在那個時候到園裡爭摘好花去獻給她們幾位姑娘。他最怕見的是人家毀壞現成的東西。

　　女傭四圍一望，驀地看見一封信被留針刺在門上。她忙取下來，給別人一看，原來是給老夫人的。

　　她把信拆開，遞給老夫人。上面寫着：

親愛的岳母：

　　你問我的話，教我實在想不出好回答。而且，因你這一問，使我越發覺得我所負的債更重。我想做人若不能還債，就得避債，決不能教債主把他揪住，使他受苦。若論還債，依我的力量、才能，是不濟事的。我得出去找幾個幫忙的人。如果不能找着，再想法子。現在我去了，多謝你栽培我這麼些年。我底前途，望你記念；我底往事，願你忘卻。我也要時時祝你平安。

　　　　　　　　　　　　　　　　　婿容融留字

　　老夫人唸完這信，就非常愁悶。以後，每想起她底女婿，便好幾天不高興。但不高興儘管不高興，女婿至終沒有回來。

落花生

　　我們屋後有半畝隙地。母親説：“讓它荒蕪着怪可惜，既然你們那麼愛吃花生，就闢來做花生園罷。”我們幾姊弟和幾個小丫頭都很喜歡——買種的買種，動土的動土，灌園的灌園；過不了幾個月，居然收穫了！

　　媽媽説：“今晚我們可以做一個收穫節，也請你們爹爹來嚐嚐我們底新花生，如何？”我們都答應了。母親把花生做成好幾樣的食品，還吩咐這節期要在園裡底茅亭舉行。

　　那晚上底天色不大好，可是爹爹也到來，實在很難得！爹爹説：“你們愛吃花生麼？”

　　我們都爭着答應：“愛！”

　　“誰能把花生底好處説出來？”

　　姊姊説：“花生底氣味很美。”

　　哥哥説：“花生可以製油。”

　　我説：“無論何等人都可以用賤價買它來吃；都喜歡吃它。這就是它的好處。”

　　爹爹説：“花生底用處固然很多；但有一樣是很可貴的。這小小的豆不像那好看的蘋果、桃子、石榴，把它們底果實懸在枝上，鮮紅嫩綠的顏色，令人一望而發生羨慕底心。它只把果子埋在地底，等到成熟，才容人把它挖出來。你們偶然看見一棵花生瑟縮地長在地上，不能立刻辨出它有

沒有果實，非得等到你接觸它才能知道。"

我們都說："是的。"母親也點點頭。爹爹接下去說："所以你們要像花生，因為它是有用的，不是偉大、好看的東西。"我說："那麼，人要做有用的人，不要做偉大、體面的人了。"爹爹說："這是我對於你們的希望。"

我們談到夜闌才散，所有花生食品雖然沒有了，然而父親底話現在還印在我心版上。

|小　説|

商人婦

　　"先生，請用早茶。"這是二等艙底侍者催我起床的聲音。我因為昨天上船的時候太過忙碌，身體和精神都十分疲倦，從九點一直睡到早晨七點還沒有起床。我一聽侍者底招呼，就立刻起來；把早晨應辦的事情弄清楚，然後到餐廳去。

　　那時節餐廳裡滿坐了旅客。個個在那裡喝茶，説閑話：有些預言歐戰誰勝誰負的；有些議論袁世凱該不該做皇帝的；有些猜度新加坡印度兵變亂是不是受了印度革命黨運動的；那種唧唧咕咕的聲音，弄得一個餐廳幾乎變成菜市。我不慣聽這個，一喝完茶就回到自己底艙裡，拿了一本《西青散記》跑到右舷找一個地方坐下，預備和書裡底雙卿談心。

　　我把書打開，正要看時，一位印度婦人攜着一個七八歲的孩子來到跟前，和我面對面地坐下。這婦人，我前天在極樂寺放生池邊曾見過一次；我也瞧着她上船；在船上也是常常遇見她在左右舷乘涼。我一瞧見她，就動了我底好奇心；因為她底裝束雖是印度的，然而行動卻不像印度婦人。

　　我把書擱下，偷眼瞧她，等她回眼過來瞧我的時候，我又裝做唸書。我好幾次是這樣辦，恐怕她疑我有別的意思，此後就低着頭，再也不敢把眼光射在她身上。她在那裡信口唱些印度歌給小孩聽，那孩子也指東指西問她説話。我聽她底回答，無意中又把眼睛射在她臉上。她見我抬起頭來，就顧不得和孩子周旋，急急地用閩南土話問我說："這位老叔，你也是要到新加坡去麼？"她底口腔很像海澄底鄉人；所問的也帶着鄉人底口氣。在說話之間，一字一字慢慢地拼出來，好像初學說話的一樣。我被她這一問，心裡底疑團結得更大，就回答說："我要回廈門去。你曾到過我們那裡麼？為什麼能說我們底話？""呀！我想你瞧我底裝束像印度婦女，所以猜疑我不是唐山（華僑叫祖國做唐山）人。我實在告訴你，我家就在鴻漸。"

那孩子瞧見我們用土話對談，心裡奇怪得很，他搖着婦人底膝頭，用印度話問道："媽媽，你說的是什麼話？他是誰？"也許那孩子從來不曾聽過她說這樣的話，所以覺得稀奇。我巴不得快點知道她底底蘊，就接着問她："這孩子是你養的麼？"她先回答了孩子，然後向我嘆一口氣說："為什麼不是呢！這是我在麻德拉斯養的。"

我們越談越熟，就把從前的畏縮都除掉。自從她知道我底里居、職業以後，她再也不稱我做"老叔"，便轉口稱我做"先生"。她又把麻德拉斯大概的情形說給我聽。我因為她底境遇很稀奇，就請她詳詳細細地告訴我。她談得高興，也就應許了。那時，我才把書收入口袋裡，注神聽她訴說自己底歷史。

我十六歲就嫁給青礁林蔭喬為妻。我底丈夫在角尾開糖舖。他回家的時候雖然少，但我們底感情決不因為這樣就生疏。我和他過了三四年的日子，從不曾拌過嘴，或鬧過什麼意見。有一天，他從角尾回來，臉上現出憂悶的容貌。一進門就握着我底手說："惜官（閩俗：長輩稱下輩或同輩底男女彼此相稱，常加'官'字在名字之後），我底生意已經倒閉，以後我就不到角尾去啦。"我聽了這話，不由得問他："為什麼呢？是買賣不好嗎？"他說："不是，不是，是我自己弄壞的。這幾天那裡賭局，有些朋友招我同玩，我起先贏了許多，但是後來都輸得精光，甚至連店裡底生財傢伙，也輸給人了。……我實在後悔，實在對你不住。"我怔了一會，也想不出什麼合適的話來安慰他，更不能想出什麼話來責備他。

他見我底淚流下來，忙替我擦掉，接着說："哎！你從來不曾在我面前哭過；現在你向我掉淚，簡直像熔融的鐵珠一滴一滴地滴在我心坎兒上一樣。我底難受，實在比你更大。你且不必擔憂，我找些資本再做生意就是了。"

當下我們二人面面相覷，在那裡靜靜地坐着。我心裡雖有些規勸底話要對他說，但我每將眼光射在他臉上的時候，就覺得他有一種妖魔的能力，不容我說，早就理會了我底意思。我只說："以後可不要再耍錢，要知道賭錢……"

他在家裡閑着，差不多有三個月。我所積的錢財倒還夠用，所以家計用不着他十分掛慮。他鎮日出外借錢做資本，可惜沒有人信得過他，以致一文也借不到。他急得無可奈何，就動了過番（閩人說到南洋為過番）的念頭。

他要到新加坡去的時候，我為他摒擋一切應用的東西，又拿了一對玉手鐲教他到廈門兌來做盤費。他要趁早潮出廈門，所以我們別離的前一夕足足說了一夜的話。第二天早晨，我送他上小船，獨自一人走回來，心裡非常煩悶，就伏在案上，想着到南洋去的男子多半不想家，不知道他會這樣不會。正這樣想，驀然一片急步聲達到門前，我認得是他，忙起身開了門，問：「是漏了什麼東西忘記帶去麼？」他說：「不是，我有一句話忘記告訴你：我到那邊的時候，無論做什麼事，總得給你來信。若是五六年後我不能回來，你就到那邊找我去。」我說：「好罷。這也值得你回來叮嚀，到時候我必知道應當怎樣辦的。天不早了，你快上船去罷。」他緊握着我底手，長嘆了一聲，翻身就出去了。我注目直送到榕蔭盡處，瞧他下了長堤，才把小門關上。

我與林蔭喬別離那一年，正是二十歲。自他離家以後，只來了兩封信，一封說他在新加坡丹讓巴葛開雜貨店，生意很好。一封說他底事情忙，不能回來。我連年望他回來完聚，只是一年一年的盼望都成虛空了。

鄰舍底婦人常勸我到南洋找他去。我一想，我們夫婦離別已經十年，過番找他雖是不便，卻強過獨自一人在家裡挨苦。我把所積的錢財檢妥，把房子交給鄉裡底榮家長管理，就到廈門搭船。

我第一次出洋，自然受不慣風浪底顛簸，好容易到了新加坡。那時節，我心裡底喜歡，簡直在這輩子裡頭不曾再遇見。我請人帶我到丹讓巴葛義和誠去。那時我心裡底喜歡更不能用言語來形容，我瞧店裡底買賣很熱鬧，我丈夫這十年間的發達，不用我估量，也就羅列在眼前了。

　　但是店裡底伙計都不認識我，故得對他們說明我是誰，和來意。有一位年輕的伙計對我說：「頭家（閩人稱店主為頭家）今天沒有出來，我領你到住家去罷。」我才知道我丈夫不在店裡住；同時我又猜他一定是再娶了，不然，斷沒有所謂住家的。我在路上就向伙計打聽一下，果然不出所料！

　　人力車轉了幾個彎，到一所半唐半洋的樓房停住。伙計說：「我先進去通知一聲。」他撇我在外頭，許久才出來對我說：「頭家早晨出去，到現在還沒有回來哪。頭家娘請你進去裡頭等他一會兒，也許他快要回來。」他把我兩個包袱──那就是我底行李──拿在手裡，我隨着他進去。

　　我瞧見屋裡底陳設十分華麗。那所謂頭家娘的，是一個馬來婦人，她出來，只向我略略點了一個頭。她底模樣，據我看來很不恭敬，但是南洋底規矩我不懂得，只得陪她一禮。她頭上戴的金剛鑽和珠子，身上綴的寶石、金、銀，襯着那副黑臉孔，越顯出醜陋不堪。

　　她對我說了幾句套話，又叫人遞一杯咖啡給我，自己在一邊吸煙、嚼檳榔，不大和我攀談。我想是初會生疏的緣故，所以也不敢多問她底話。不一會，得得的馬蹄聲從大門直到廊前，我早猜着是我丈夫回來了。我瞧他比十年前胖了許多，肚子也大起來了。他口裡含着一枝雪茄，手裡扶着一根象牙杖，下了車，踏進門來，把帽子掛在架上。見我坐在一邊，正要發問，那馬來婦人上前向他唧唧咕咕地說了幾句，她底話我雖不懂得，但瞧她底神氣像有點不對。

　　我丈夫回頭問我說："惜官，你要來的時候，為什麼不預先通知一聲？是誰叫你來的？"我以為他見我以後，必定要對我說些溫存的話，哪裡想到反把我詰問起來！當時我把不平的情緒壓下，陪笑回答他，說："唉，蔭哥，你豈不知道我不會寫字麼？咱們鄉下那位寫信的旺師常常給人家寫別字，甚至把意思弄錯了；因為這樣，所以不敢央求他替我寫。我又是決意要來找你的，不論遲早總得動身，又何必多費這番工夫呢？你不曾說過五六年後若不回去，我就可以來嗎？"我丈夫說："嚇！你自己倒會出主意。"他說完，就橫橫地走進屋裡。

　　我聽他所說的話，簡直和十年前是兩個人。我也不明白其中的緣故；是嫌我年長色衰呢，我覺得比那馬來婦人還俊得多；是嫌我德行不好呢，我嫁他那麼多年，事事承順他，從不曾做過越出範圍的事。蔭哥給我這個悶葫蘆，到現在我還猜不透。

　　他把我安頓在樓下，七八天的工夫不到我屋裡，也不和我說話。那馬來婦人倒是很殷勤，走來對我說："蔭哥這幾天因為你底事情很不喜歡。你且寬懷，過幾天他就不生氣了。晚上有人請咱們去赴席，你且把衣服穿好，我和你一塊兒去。"

　　她這種甘美的語言，叫我把從前猜疑她的心思完全打銷。我穿的是湖色布衣，和一條大紅縐裙；她一見了，不由得笑起來。我覺得自己滿身村氣，心裡也有一點慚愧。她說："不要緊，請咱們的不是唐山人，定然不注意你穿的是不是時新的樣式。咱們就出門罷。"

　　馬車走了許久，穿過一叢椰林，才到那主人底門口。進門是一個很大的花園，我一面張望，一面隨着她到客廳去。那裡果然有很奇怪的筵席擺設着。一班女客都是馬來人和印度人。她們在那裡嘰哩咕嚕地說說笑笑，我丈夫底馬來婦人也撇下我去和她們談話。不一會，她和一位婦人出去，我以為她們逛花園去了，所以不大理會。但過了許久的工夫，她們只是不回來，我心急起來，就向在座的女人說："和我來的那位婦人往哪裡去？"她們雖能會意，然而所回答的話，我一句也懂不得。

　　我坐在一個軟墊上，心頭跳動得很厲害。一個僕人拿了一壺水來，向我指着上面的筵席作勢。我瞧見別人洗手，知道這是食前的規矩，也就把手洗了。她們讓我入席，我也不知道哪裡是我應當坐的地方，就順着她們指定給我的坐位坐下。她們禱告以後，才用手向盤裡取自己所要的食品。我頭一次掬東西吃，一定是很不自然，她們又教我用指頭的方法。我在那時，很懷疑我丈夫底馬來婦人不在座，所以無心在筵席上張羅。

　　筵席撤掉以後，一班客人都笑着向我親了一下吻就散了。當時我也要跟她們出門，但那主婦叫我等一等。我和那主婦在屋裡指手畫腳做啞談，正笑得不可開交，一位五十來歲的印度男子從外頭進來。那主婦忙起身向他說了幾句話，就和他一同坐下。我在一個生地方遇見生面的男子，自然羞縮到了不得。那男子走到我跟前說："喂，你已是我底人

啦。我用錢買你。你住這裡好。”他說的雖是唐話，但語格和腔調全是不對的。我聽他說把我買過來，不由得慟哭起來。那主婦倒是在身邊殷勤地安慰我。那時已是入亥時分，他們教我進裡邊睡，我只是和衣在廳邊坐了一宿，哪裡肯依他們底命令！

先生，你聽到這裡必定要疑我為什麼不死。唉！我當時也有這樣的思想，但是他們守着我好像囚犯一樣，無論什麼時候都有人在我身旁。久而久之，我底激烈的情緒過了，不但不願死，而且要留着這條命往前瞧瞧我底命運到底是怎樣的。

買我的人是印度麻德拉斯底回教徒阿戶耶。他是一個氈毺商，因為在新加坡發了財，要多娶一個姬姜回鄉享福。偏是我底命運不好，趁着這機會就變成他底外國骨董。我在新加坡住不上一個月，他就把我帶到麻德拉斯去。

阿戶耶給我起名叫利亞。他叫我把腳放了，又在我鼻上穿了一個窟窿，帶上一隻鑽石鼻環。他說照他們底風俗，凡是已嫁的女子都得帶鼻環，因為那是婦人底記號。他又把很好的“克爾塔”（回婦上衣）、“馬拉姆”（胸衣）和“埃撒”（袴）教我穿上。從此以後，我就變成一個回回婆子了。

阿戶耶有五個妻子，連我就是六個。那五人之中，我和第三妻的感情最好。其餘的我很憎惡她們，因為她們欺負我不會說話；又常常戲弄我。我底小腳在她們當中自然是稀罕的，她們雖是不歇地摩挲，我也不怪。最可恨的是她們在阿戶耶面前播弄是非，教我受委屈。

阿噶利馬是阿戶耶第三妻底名字，就是我被賣時張羅筵席的那個主婦。她很愛我，常勸我用“撒馬”來塗眼眶，用指甲花來塗指甲和手心。回教底婦人每日用這兩種東西和我們唐人用脂粉一樣。她又教我唸孟加里文和亞剌伯文。我想起自己因為不能寫信的緣故，致使蔭哥有所藉口，現在才到這樣的地步；所以願意在這舉目無親的時候用功學習些少文字。她雖然沒有什麼學問，但當我底教師是綽綽有餘的。

我從阿噶利馬唸了一年，居然會寫字了！她告訴我他們教裡有一本天書，本不輕易給女人看的，但她以後必要拿那本書來教我。她常對我說：“你底命運會那麼塞澀，都是阿拉給你注定的。你不必想家太甚，日後或者有大快樂臨到你身上，叫你享受不盡。”這種定命的安慰，在那時節很可以教我底精神活潑一點。

我和阿戶耶雖無夫妻底情，卻免不了有夫妻底事。哎！我這孩子（她說時把手撫着那孩子底頂上）就是到麻德拉斯的第二年養的。我活了三十多歲才懷孕，那種痛苦為我一生所未經過。幸虧阿噶利馬能夠體貼我，她常用話安慰我，教我把目前的苦痛忘掉。有一次她瞧我過於難受，就對我說：“呀！利亞，你且忍耐着罷。咱們沒有無花果樹底福分（《可蘭經》載阿丹浩挖被天魔阿扎賊來引誘，吃了阿拉所禁的果子，當時他們二人底天衣都化沒了。他們覺得赤身底羞恥，就向樂園裡底樹借葉子圍身。各種樹木因為他們犯了阿拉底戒命，都不敢借，惟有無花果樹瞧他們二人怪可憐的，就慷慨借些葉子給他們。阿拉嘉許無花果樹底行為，就賜它不必經過開花和受蜂蝶攪擾的苦而能結果），所以不能免掉懷孕

底苦。你若是感得痛苦的時候，可以默默向阿拉求恩，他可憐你，就賜給你平安。"我在臨產的前後期，得着她許多的幫助，到現在還是忘不了她底情意。

自我產後，不上四個月，就有一件失意的事教我心裡不舒服；那就是和我底好朋友離別。她雖不是死掉，然而她所去的地方，我至終不能知道。阿噶利馬為什麼離開我呢？說來話長，多半是我害她的。

我們隔壁有一位十八歲的小寡婦名叫哈那，她四歲就守寡了。她母親苦待她倒罷了，還要說她前生的罪孽深重，非得叫她辛苦，來生就不能超脫。她所吃所穿的都跟不上別人，常常在後園裡偷哭。她家底園子和我們底園子只隔一度竹籬，我一聽見她哭，或是聽見她在那裡，就上前和她談話，有時安慰她，有時給東西她吃，有時送她些少金錢。

阿噶利馬起先瞧見我周濟那寡婦，很不以為然。我屢次對她說明，在唐山不論什麼人都可以受人家底周濟，從不分什麼教門。她受我底感化，後來對於那寡婦也就發出哀憐的同情。

有一天，阿噶利馬拿些銀子正從籬間遞給哈那，可巧被阿戶耶瞥見。他不聲不張，躡步到阿噶利馬後頭，給她一掌，順口罵說："小母畜，賤生的母豬，你在這裡幹什麼？"他回到屋裡，氣得滿身哆嗦，指着阿噶利馬說："誰教你把錢給那婆羅門婦人？豈不把你自己玷污了嗎？你不但玷污了自己，更是玷污我和清真聖典。'馬賽拉'（是阿拉禁止的意思）！快把你底'布卡'（面幕）放下來罷。"

　　我在裡頭聽得清楚，以為罵過就沒事。誰知不一會的工夫，阿噶利馬珠淚承睫地走進來，對我說：“利亞，我們要分離了！”我聽這話嚇了一跳，忙問道：“你說的是什麼意思，我聽不明白。”她說：“你不聽見他叫我把‘布卡’放下來罷？那就是休我的意思。此刻我就要回娘家去。你不必悲哀，過兩天他氣平了，總得叫我回來。”那時我一陣心酸，不曉得要用什麼話來安慰她，我們抱頭哭了一場就分散了。唉！“殺人放火金腰帶；修橋整路長大癩”，這兩句話實在是人間生活底常例呀！

　　自從阿噶利馬去後，我底淒涼的曆書又從“賀春王正月”翻起。那四個女人是與我素無交情的。阿戶耶呢，他那副黝黑的臉，猸毛似的鬍子，我一見了就憎厭，巴不得他快離開我。我每天的生活就是乳育孩子，此外沒有別的事情。我因為阿噶利馬底事，嚇得連花園也不敢去逛。

　　過幾個月，我底苦生涯快挨盡了！因為阿戶耶借着病回他底樂園去了。我從前聽見阿噶利馬說過：婦人於丈夫死後一百三十日後就得自由，可以隨便改嫁。我本欲等到那規定的日子才出去，無奈她們四個人因為我有孩子，在財產上恐怕給我佔便宜，所以多方窘迫我。她們底手段，我也不忍說了。

　　哈那勸我先逃到她姊姊那裡。她教我送一點錢財給她姊夫，就可以得到他們底容留。她姊姊我曾見過，性情也很不錯。我一想，逃走也是好的，她們四個人底心腸鬼蜮到極，若是中了她們底暗算，可就不好。哈那底姊夫在亞可特住。

我和她約定了，教她找機會通知我。

一星期後，哈那對我說她底母親到別處去，要夜深才可以回來，教我由籬笆逾越過去。這事本不容易，因事後須得使哈那不致吃虧。而且籬上界着一行釩線，實在教我難辦。我抬頭瞧見籬下那棵波羅蜜樹有一杈橫過她那邊，那樹又是斜着長上去的。我就告訴她，叫她等待人靜的時候在樹下接應。

原來我底住房有一個小門通到園裡。那一晚上，天際只有一點星光，我把自己細軟的東西藏在一個口袋裡，又多穿了兩件衣裳，正要出門，瞧見我底孩子睡在那裡。我本不願意帶他同行，只怕他醒時瞧不見我要哭起來，所以暫住一下，把他抱在懷裡，讓他吸乳。他吸的時節，才實在感得我是他底母親，他父親雖與我沒有精神上的關係，他卻是我養的。況且我去後，他不免要受別人底折磨。我想到這裡，不由得雙淚直流。因為多帶一個孩子，會教我底事情越發難辦。我想來想去，還是把他駝起來，低聲對他說："你是好孩子，就不要哭，還得乖乖地睡。"幸虧他那時好像理會我底意思，不大作聲。我留一封信在床上，說明願意拋棄我應得的產業和逃走的理由，然後從小門出去。

我一手往後托住孩子，一手拿着口袋，躡步到波羅蜜樹下。我用一條繩子拴住口袋，慢慢地爬上樹，到分杈的地方少停一會。那時孩子哼了一兩聲，我用手輕輕地拍着，又搖他幾下，再把口袋扯上來，拋過去給哈那接住。我再爬過去，摸着哈那為我預備的繩子，我就緊握着，讓身體慢慢墜下來。我底手耐不得摩擦，早已被繩子銼傷了。

　　我下來之後，謝過哈那，忙忙出門，離哈那底門口不遠就是愛德耶河，哈那和我出去僱船，她把話交代清楚就回去了。那舵工是一個老頭子，也許聽不明白哈那所說的話。他划到塞德必特車站，又替我去買票。我初次搭車，所以不大明白行車底規矩；他叫我上車，我就上去。車開以後，查票人看我底票才知道我搭錯了。

　　車到一個小站，我趕緊下來，意思是要等別輛車搭回去。那時已經夜半，站裡底人說上麻德拉斯的車要到早晨才開。不得已就在候車處坐下。我把"馬支拉"（回婦外衣）披好，用手支住袋假寐，約有三四點鐘的工夫。偶一抬頭，瞧見很遠一點燈光由柵欄之間射來，我趕快到月台去，指着那燈問站裡底人。他們當中有一個人笑說："這婦人連方向也分不清楚了。她認啟明星做車頭底探燈哪。"我瞧真了，也不覺得笑起來，說："可不是！我底眼真是花了。"

　　我對着啟明星，又想起阿噶利馬底話。她曾告訴我那星是一個擅於迷惑男子的女人變的。我因此想起蔭哥和我底感情本來很好，若不是受了番婆底迷惑，決不忍把他最愛的結髮妻賣掉。我又想着自己被賣的不是不能全然歸在蔭哥身上。若是我情願在唐山過苦日子，無心到新加坡去依賴他，也不會發生這事。我想來想去，反笑自己逃得太過唐突。我自問既然逃得出來，又何必去依賴哈那底姊姊呢？想到這裡，仍把孩子抱回候車處，定神解決這問題。我帶出來的東西和現銀共值三千多盧比，若是在村莊裡住，很可以夠一輩子底開銷；所以我就把獨立生活底主意拿定了。

　　天上底諸星陸續收了它們底光，惟有啟明仍在東方閃爍着。當我瞧着它的時候，好像有一種聲音從它底光傳出來，說：「惜官，此後你別再以我為迷惑男子的女人。要知道凡光明的事物都不能迷惑人。在諸星之中，我最先出來，告訴你們黑暗快到了；我最後回去，為的是領你們緊接受着太陽底光亮；我是夜界最光明的星。你可以當我做你心裡底殷勤的警醒者。」我朝着它，心花怒開，也形容不出我心裡底感謝。此後我一見着它，就有一番特別的感觸。

　　我向人打聽客棧所在的地方，都說要到貞葛布德才有。於是我又搭車到那城去。我在客棧住不多的日子，就搬到自己底房子住去。

　　那房子是我把鑽石鼻環兌出去所得的金錢買來的。地方不大，只有二間房和一個小園，四面種些露兜樹當做圍牆。印度式的房子雖然不好，但我愛它靠近村莊，也就顧不得它底外觀和內容了。我僱了一個老婆子幫助料理家務，除養育孩子以外，還可以唸些印度書籍。我在寂寞中和這孩子玩弄，才覺得孩子的可愛，比一切的更甚。

　　每到晚間，就有一種很莊重的歌聲送到我耳裡。我到園裡一望，原來是從對門一個小家庭發出來。起先我也不知道他們唱來幹什麼，後來我才曉得他們是基督徒。那女主人以利沙伯不久也和我認識，我也常去赴他們底晚禱會。我在貞葛布德最先認識的朋友就算他們那一家。

　　以利沙伯是一個很可親的女人，她勸我入學校唸書，且應許給我照顧孩子。我想偷閑度日也是沒有什麼出息，所以在第二年她就介紹我到麻德拉斯一個婦女學校唸書。每月回家一次瞧瞧我底孩子，她為我照顧得很好，不必我擔憂。

我在校裡沒有分心的事，所以成績甚佳。這六七年的工夫，不但學問長進，連從前所有的見地都改變了。我畢業後直到於今就在貞葛布德附近一個村裡當教習。這就是我一生經歷底大概。若要詳細說來，雖用一年的工夫也說不盡。

現在我要到新加坡找我丈夫去。因為我要知道賣我的到底是誰。我很相信蔭哥必不忍做這事，縱然是他出的主意，終有一天會悔悟過來。

惜官和我談了足有兩點多鐘，她說得很慢，加之孩子時時攪擾她，所以沒有把她在學校的生活對我詳細地說。我因為她說得工夫太長，恐怕精神過於受累，也就不往下再問。我只對她說：“你在那漂流的時節，能夠自己找出這條活路，實在可敬。明天到新加坡的時候，若是要我幫助你去找蔭哥，我很樂意為你去幹。”她說：“我哪裡有什麼聰明，這條路不過是冥冥中的指導者替我開的。我在學校裡所唸的書，最感動我的是《天路歷程》和《魯濱遜漂流記》，這兩部書給我許多安慰和模範。我現時簡直是一個女魯濱遜哪。你要幫我去找蔭哥，我實在感激。因為新加坡我不大熟悉，明天總得求你和我……”說到這裡，那孩子催着她進艙裡去拿玩具給他。她就起來，一面續下去說：“明天總得求你幫忙。”我起立對她行了一個敬禮，就坐下把方才的會話錄在懷中日記裡頭。

　　過了二十四點鐘，東南方微微露出幾個山峰。滿船底人都十分忙碌，惜官也顧着檢點她底東西，沒有出來。船入港的時候，她才攜着孩子出來與我坐在一條長凳上頭。她對我說：「先生，想不到我會再和這個地方相見。岸上底椰樹還是舞着它們底葉子；海面底白鷗還是飛來飛去向客人表示歡迎；我底愉快也和九年前初會它們那時一樣。如箭的時光，轉眼就過了那麼多年，但我至終瞧不出從前所見的和現在所見的當中有什麼分別。……呀！『光陰如箭』的話，不是指着箭飛得快說，乃是指着箭底本體說。光陰無論飛得多麼快，在裡頭的事物還是沒有什麼改變；好像附在箭上的東西，箭雖是飛行着，它們卻是一點不更改。……我今天所見的和從前所見的雖是一樣，但願蔭哥底心腸不要像自然界底現象變更得那麼慢；但願他回心轉意地接納我。」我說：「我和你表同情。聽說這船要泊在丹讓巴葛底碼頭，我想到時你先在船上候着，我上去打聽一下再回來和你同去。這辦法好不好呢？」她說：「那麼，就教你多多受累了。」

　　我上岸問了好幾家都說不認得林蔭喬這個人，那義和誠底招牌更是找不着。我非常着急，走了大半天覺得有一點累，就上一家廣東茶居歇足！可巧在那裡給我查出一點端倪。我問那茶居底掌櫃。據他說：林蔭喬因為把妻子賣給一個印度人，惹起本埠多數唐人底反對。那時有人說是他出主意賣的，有人說是番婆賣的，究竟不知道是誰做的事。但他底生意因此受莫大的影響，他瞧着在新加坡站不住，就把店門關起來，全家搬到別處去了。

　　我回來將所查出的情形告訴惜官，且勸她回唐山去。她說：「我是永遠不能去的，因為我帶着這個棕色孩子，一到家，人必要恥笑我；況且我對於唐文一點也不會，回去豈不要餓死嗎？我想在新加坡住幾天，細細地訪查他底下落。若是訪不着時，仍舊回印度去。……唉，現在我已成為印度人了！」

　　我瞧她底情形，實在想不出什麼話可以勸她回鄉，只嘆一聲說：「呀！你底命運實在苦！」她聽了反笑着對我說：「先生啊，人間一切的事情本來沒有什麼苦樂底分別：你造作時是苦，希望時是樂；臨事時是苦，回想時是樂。我換一句話說：眼前所遇的都是困苦；過去、未來的回想和希望都是快樂。昨天我對你訴說自己境遇的時候，你聽了覺得很苦，因為我把從前的情形陳說出來，羅列在你眼前，教你感得那是現的事；若是我自己想起來，久別、被賣、逃亡等等事情都有快樂在內。所以你不必為我嘆息，要把眼前的事情看開才好。……我只求你一樣，你到唐山時，若是有便，就請到我村裡通知我母親一聲。我母親算來已有七十多歲，她住在鴻漸，我底唐山親人只剩着她咧。她底門外有一棵很高的橄欖樹。你打聽良姆，人家就會告訴你。」

　　船離碼頭的時候，她還站在岸上揮着手巾送我。那種誠摯的表情，教我永遠不能忘掉。我到家不上一月就上鴻漸去。那橄欖樹下底破屋滿被古藤封住，從門縫兒一望，隱約瞧見幾座朽腐的木主擱在桌上，哪裡還有一位良姆！

　　　　　　　　（原載一九二一年《小說月報》十二卷四號）

綴網勞蛛

“我像蜘蛛，

　　命運就是我底網。”

我把網結好，

　　還住在中央。

呀，我底網甚時節受了損傷！

　　這一壞，教我怎地生長？

生的巨靈說：“補綴補綴罷，”

　　世間沒有一個不破的網。

我再結網時，

　　要結在玟瑁樑棟

　　　　珠璣簾櫳；

或結在斷井頹垣

　　荒煙蔓草中呢？

生的巨靈按手在我頭上說：

　　“自己選擇去罷，

　　你所在的地方無不興隆、亨通。”

雖然，我再結的網還是像從前那麼脆弱，

敵不過外力衝撞；

我網底形式還要像從前那麼整齊——

　　平行的絲連成八角、十二角的形狀嗎？

他把"生的萬花筒"交給我，說：

"望裡看罷，

　　你愛怎樣，就結成怎樣。"

呀，萬花筒裡等等的形狀和顏色

　　仍與從前沒有什麼差別！

求你再把第二個給我，

　　我好謹慎地選擇。

"咄咄！貪得而無智的小蟲！

　　自而今回溯到濛鴻，

　　　　從沒有人說過裡面有個形式與前相同。

去罷，生的結構都由這幾十顆'彩琉璃屑'

幻成種種，

　　不必再看第二個生的萬花筒。"

　　那晚上底月色格外明朗，只是不時來些微風把滿園底花影移動得不歇地作響。素光從椰葉下來，正射在尚潔和她底客人史夫人身上。她們二人底容貌，在這時候自然不能認得十分清楚，但是二人對談的聲音卻像幽谷底回響，沒有一點模糊。

　　周圍的東西都沉默着，像要讓她們密談一般：樹上底鳥

兒把喙插在翅膀底下；草裡底蟲兒也不敢做聲；就是尚潔身邊那隻玉狸，也當主人所發的聲音為催眠歌，只管齁齁地沉睡着。她用纖手撫着玉狸，目光注在她底客人身上，懶懶地說：「奪魁嫂子，外間的閑話是聽不得的。這事我全不計較——我雖不信定命的說法，然而事情怎樣來，我就怎樣對付，毋庸在事前預先謀定什麼方法。」

她底客人聽了這場冷靜的話，心裡很是着急，說：「你對於自己底前程太不注意了！若是一個人沒有長久的顧慮，就免不了遇着危險，外人底話雖不足信，可是你得把你底態度顯示得明瞭一點，教人不疑惑你才是。」

尚潔索性把玉狸抱在懷裡，低着頭，只管摩弄。一會兒，她才冷笑了一聲，說：「嚇嚇，奪魁嫂子，你底話差了，危險不是顧慮所能閃避的。後一小時的事情，我們也不敢說準知道，哪裡能顧到三四個月、三兩年那麼長久呢？你能保我待一會不遇着危險，能保我今夜裡睡得平安麼？縱使我準知道今晚上會遇着危險，現在的謀慮也未必來得及。我們都在雲霧裡走，離身二三尺以外，誰還能知道前途的光景呢？經裡說：『不要為明日自誇，因為一日要生何事，你尚且不能知道。』這句話，你忘了麼？……唉，我們都是從渺茫中來，在渺茫中住，望渺茫中去。若是怕在這條雲封霧鎖的生命路程裡走動，莫如止住你底腳步；若是你有漫遊的興趣，縱然前途和四圍的光景曖昧，不能使你賞心快意，你也是要走的。橫豎是往前走，顧慮什麼？

「我們從前的事，也許你和一般僑寓此地的人都不十分知道。我不願意破壞自己底名譽，也不忍教他出醜。你既是要我把態度顯示出來，我就得略把前事說一點給你聽，可是要求你暫時守這個秘密。

　　"論理，我也不是他底……"

　　史夫人沒等她說完，早把身子挺起來，作很驚訝的樣子，回頭用焦急的聲音說："什麼？這又奇怪了！"

　　"這倒不是怪事，且聽我說下去。你聽這一點，就知道我底全意思了。我本是人家底童養媳，一向就不曾和人行過婚禮——那就是說，夫婦底名份，在我身上用不着。當時，我並不是愛他，不過要仗着他底幫助，救我脫出殘暴的婆家。走到這個地方，依着時勢的境遇，使我不能不認他為夫……"

　　"原來你們底家有這樣特別的歷史。……那麼，你對於長孫先生可以說沒有精神的關係，不過是不自然的結合罷了。"

　　尚潔莊重地回答說："你底意思是說我們沒有愛情麼？誠然，我從不曾在別人身上用過一點男女底愛情；別人給我的，我也不曾辨別過那是真的，這是假的。夫婦，不過是名義上的事；愛與不愛，只能稍微影響一點精神底生活，和家庭底組織是毫無關係的。

　　"他怎樣想法子要奉承我，凡認識我的人都覺得出來。然而我卻沒有領他底情，因為他從沒有把自己底行為檢點一下。他底嗜好多，脾氣壞，是你所知道的。我一到會堂去，每聽到人家說我是長孫可望底妻子，就非常的慚愧。我常想着從不自愛的人所給的愛情都是假的。

　　"我雖然不愛他，然而家裡的事，我認為應當替他做的，

35

我也樂意去做。因為家庭是公的，愛情是私的。我們兩人底關係，實在就是這樣。外人說我和譚先生的事，全是不對的。我底家庭已經成為這樣，我又怎能把它破壞呢？」

史夫人說：「我現在才看出你們底真相，我也回去告訴史先生，教他不要多信閑話。我知道你是好人，是一個純良的女子，神必保佑你。」說着，用手輕輕地拍一拍尚潔底肩膀，就站立起來告辭。

尚潔陪她在花蔭底下走着，一面說：「我很願意你把這事底原委單說給史先生知道。至於外間傳說我和譚先生有秘密的關係，說我是淫婦，我都不介意。連他也好幾天不回來啦。我估量他是為這事生氣，可是我並不辯白。世上沒有一個人能夠把真心拿出來給人家看；縱然能夠拿出來，人家也看不明白，那麼，我又何必多費唇舌呢？人對於一件事情一存了成見，就不容易把真相觀察出來。凡是人都有成見，同一件事，必會生出歧異的評判，這也是難怪的。我不管人家怎樣批評我，也不管他怎樣疑惑我，我只求自己無愧，對得住天上底星辰和地下底螻蟻便了。你放心罷，等到事情臨到我身上，我自有方法對付。我底意思就是這樣，若是有工夫，改天再談罷。」

她送客人出門，就把玉貍抱到自己房裡。那時已經不早，月光從窗戶進來，歇在椅桌、枕蓆之上，把房裡的東西染得和鉛製的一般。她伸手向床邊按了一按鈴子，須臾，女傭妥娘就上來。她問：「佩荷姑娘睡了麼？」妥娘在門邊回答說：「早就睡了。消夜已預備好了，端上來不？」她說着，順手把電燈擰着，一時滿屋裡都着上顏色了。

在燈光之下，才看見尚潔斜倚在床上。流動的眼睛，軟潤的頷頰，玉葱似的鼻，柳葉似的眉，桃綻似的唇，襯着蓬亂的頭髮……凡形體上各樣的美都湊合在她頭上。她底身體，修短也很合度。從她口裡發出來的聲音，都合音節，就是不懂音樂的人，一聽了她底話語，也能得着許多默感。她見妥娘把燈擰亮了，就說："把它擰滅了吧。光太強了，更不舒服。方才我也忘了留史夫人在這裡消夜。我不覺得十分飢餓，不必端上來，你們可以自己方便去。把東西收拾清楚，隨着給我點一枝洋燭上來。"

妥娘遵從她底命令，立刻把燈滅了，接着說："相公今晚上也許又不回來，可以把大門扣上嗎？"

"是，我想他永遠不回來了。你們吃完，就把門關好，各自歇息去罷，夜很深了。"

尚潔獨坐在那間充滿月亮的房裡，桌上一枝洋燭已燃過三分之二，輕風頻拂火焰，眼看那枝發光的小東西要淚盡了。她於是起來，把燭光移到屋角一個窗戶前頭的小几上。那裡有一個軟墊，几上擱幾本經典和祈禱文。她每夜睡前的功課就是跪在那墊上默記三兩節經句，或是誦幾句禱詞。別的事情，也許她會忘記，惟獨這聖事是她所不敢忽略的。她跪在那裡冥想了許久，睜眼一看，火光已不知道在什麼時候從燭台上逃走了。

她立起來，把臥具整理妥當，就躺下睡覺。可是她怎能睡着呢？呀，月亮也循着賓客底禮，不敢相擾，慢慢地辭了

她，走到園裡和它底花草朋友、木石知交周旋去了！

月亮雖然辭去，她還不轉眼地望着窗外的天空，像要訴她心中底秘密一般。她正在床上輾來轉去，忽聽園裡"嚄嚄"一聲，響得很厲害。她起來，走到窗邊，往外一望，但見一重一重的樹影和夜霧把園裡蓋得非常嚴密，教她看不見什麼。於是她躡步下樓，喚醒妥娘，命她到園裡去察看那怪聲底出處。妥娘自己一個人哪裡敢出去；她走到門房把團哥叫醒，央他一同到園牆邊察一察。團哥也就起來了。

妥娘去不多會，便進來回話。她笑着說："你猜是什麼呢？原來是一個塞運的竊賊摔倒在我們底牆根。他底腿已摔壞了，腦袋也撞傷了，流得滿地都是血，動也動不得了。團哥拿着一枝荊條正在抽他哪。"

尚潔聽了，一霎時前所有的恐怖情緒一時盡變為慈祥的心意。她等不得回答妥娘，便跑到牆根。團哥還在那裡，"你這該死的東西……不知厲害的壞種！……"一句一鞭，打罵得很高興。尚潔一到，就止住他，還命他和妥娘把受傷的賊扛到屋裡來。她吩咐讓他躺在貴妃榻上。僕人們都顯出不願意的樣子，因為他們想着一個賊人不應該受這麼好的待遇。

尚潔看出他們底意思，便說："一個人走到做賊的地步是最可憐憫的，若是你們不得着好機會，也許……"她說到這裡，覺得有點失言，教她底傭人聽了不舒服，就改過一句說話："若是你們明白他底境遇，也許會體貼他。我見了一個受傷的人，無論如何，總得救護的。你們常常聽見'救苦救難’的話，遇着憂患的時候，有時也會脫口地說出來，為何不從‘他是苦難人’那方面體貼他呢？你們不要怕他底血沾髒了那墊子，儘管扶他躺下罷。」團哥只得扶他躺下，口裡沉吟地說：「我們還得為他請醫生去嗎？」

「且慢，你把燈移近一點，待我來看一看。救傷的事，我還在行。妥娘，你上樓去把我們那個‘常備藥箱’捧下來。」又對團哥說：「你去倒一盆清水來罷。」

僕人都遵命各自幹事去了。那賊雖閉着眼，方才尚潔所說的話，卻能聽得分明。他心裡底感激可使他自忘是個罪人，反覺他是世界裡一個最能得人愛惜的青年。這樣的待遇，也許就是他生平第一次得着的。他呻吟了一下，用低沉的聲音說：「慈悲的太太，菩薩保佑慈悲的太太！」

那人底太陽邊受了一傷很重，腿部倒不十分厲害。她用藥棉蘸水輕輕地把傷處周圍的血跡滌淨，再用繃帶裹好。等到事情做得清楚，天早已亮了。

她正轉身要上樓去換衣服，驀聽得外面敲門的聲很急，就止步問說：「誰這麼早就來敲門呢？」

「是警察罷。」

妥娘提起這四個字，教她很着急。她說：「誰去告訴警察呢？」那賊躺在貴妃榻上，一聽見警察要來，恨不能立刻起來跪在地上求恩。但這樣的行動已從他那雙勞倦的眼睛表白出來了。尚潔跑到他跟前，安慰他說：「我沒有叫人去報警察……」正說到這裡，那從門外來的腳步已經踏進來。

來的並不是警察，卻是這家底主人長孫可望。他見尚潔

穿着一件睡衣站在那裡和一個躺着的男子說話，心裡底無明業火已從身上八萬四千個毛孔裡發射出來。他第一句就問："那人是誰？"

這個問實在教尚潔不容易回答，因為她從不曾問過那受傷者的名字，也不便說他是賊。

"他⋯⋯他是受傷的人⋯⋯"

可望不等說完，便拉住她底手，說："你辦的事，我早已知道。我這幾天不回來，正要偵察你底動靜，今天可給我撞見了。我何嘗辜負你呢？⋯⋯一同上去罷，我們可以慢慢地談。"不由分說，拉着她就往上跑。

妥娘在旁邊，看得情急，就大聲嚷着："他是賊！"

"我是賊，我是賊！"那可憐的人也嚷了兩聲。可望只對着他冷笑，說："我明知道你是賊。不必報名，你且歇一歇罷。"

一到臥房裡，可望就說："我且問你，我有什麼對你不起的地方？你要入學堂，我便立刻送你去；要到禮拜堂聽道，我便特地為你預備車馬。現在你有學問了，也入教了；我且問你，學堂教你這樣做，教堂教你這樣做麼？"

他底話意是要詰問她為什麼變心，因為他許久就聽見人說尚潔嫌他鄙陋不文，要離棄他去嫁給一個姓譚的。夜間的事，他一概不知，他進門一看尚潔底神色，老以為她所做的是一段愛情把戲。在尚潔方面，以為他是不喜歡她這樣待遇竊賊。她底慈悲性情是上天所賦的。她也覺得這樣辦，於自己底信仰和所受的教育沒有衝突，就回答說："是的，學堂教我這樣做，教會也教我這樣做。你敢是……"

　　"是嗎？"可望喝了一聲，猛將懷中小刀取出來向尚潔底肩膀上一擊。這不幸的婦人立時倒在地上，那玉白的面龐已像漬在胭脂膏裡一樣。

　　她不說什麼，但用一種沉靜的和無抵抗的態度，就足以感動那愚頑的兇手。可望當此情景，心中恐怖的情緒已把兇猛的怒氣克服了。他不再有什麼動作，只站在一邊出神。他看尚潔動也不動一下，估量她是死了；那時，他覺得自己底罪惡壓住他，不許再逗留在那裡，便溜煙似地望外跑。

　　妥娘見他跑了，知道樓上必有事故，就趕緊上來。她看尚潔那樣子，不由得"啊，天公！"喊了一聲，一面上去，要把她攙扶起來。尚潔這時，眼睛略略睜開，像要對她說什麼，只是說不出。她指着肩膀示意，妥娘才看見一把小刀插在她肩上。妥娘底手便即酥軟，周身發抖，待要扶她，也沒有氣力了。她含淚對着主婦說："容我去請醫生罷。"

　　"史……史……"妥娘知道她是要請史夫人來，便回答說："好，我也去請史夫人來。"她教團哥看門，自己僱一輛車找救星去了。

　　醫生把尚潔扶到床上，慢慢施行手術；趕到史夫人來時，所有的事情都弄清楚啦。醫生對史夫人說："長孫夫人底傷不甚要緊，保養一兩個星期便可復原。幸而那刀從肩胛骨外面脫出來，沒有傷到肺葉——那兩個創口是不要緊的。"

　　醫生辭去以後，史夫人便坐在床沿用法子安慰她。這時，尚潔底精神稍微恢復，就對她底知交說："我不能多說話，只求你把底下那個受傷的人先送到公醫院去；其餘的，待我好了再給你説。……唉，我底嫂子，我現在不能離開你，你這幾天得和我同在一塊兒住。"

史夫人一進門就不明白底下為什麼躺着一個受傷的男子。妥娘去時，也沒有對她詳細地説。她看見尚潔這個樣子，又不便往下問。但尚潔底穎悟性從不會被刀所傷，她早明白史夫人猜不透這個悶葫蘆，就説："我現在沒有氣力給你細説，你可以向妥娘打聽去。就要速速去辦，若是他回來，便要害了他底性命。"

史夫人照她所吩咐的去做；回來，就陪着她在房裡，沒有回家。那四歲的女孩佩荷更不知道這是怎麼一回事，還是啼啼笑笑，過她底平安日子。

一個星期，兩個星期，在她病中嘿嘿地過去。她也漸次復原了。她想許久沒有到園裡去，就央求史夫人扶着她慢慢走出來。她們穿過那晚上談話的柳蔭，來到園邊一個小亭下，就歇在那裡。她們坐的地方滿開了玫瑰，那清靜溫香的景色委實可以消滅一切憂悶和病害。

"我已忘了我們這裡有這麼些好花，待一會，可以折幾枝帶回屋裡。"

"你且歇歇，我為你選擇幾枝罷。"史夫人説時，便起來折花。尚潔見她腳下有一朵很大的花，就指着説："你看，你腳下有一朵很大、很好看的，為什麼不把它摘下？"

史夫人低頭一看，用手把花提起來，便嘆了一口氣。

"怎麼啦？"

史夫人説："這花不好。"因為那花只剩地上那一半，還有一邊是被蟲傷了。她怕説出傷字，要傷尚潔底心，所以這樣回答。但尚潔看的明明是一朵好花，直教遞過來給她看。

"奪魁嫂，你説它不好麼？我在此中找出道理咧！這花雖然被蟲傷了一半，還開得這麼好看，可見人底命運也是如此——若不把他底生命完全奪去，雖然不完全，也可以得着生活上一部分的美滿，你以為如何呢？"

史夫人知道她連想到自己底事情上頭，只回答説："那是當然的，命運底偃蹇和亨通，於我們底生活沒有多大關係。"

談話之間，妥娘領着史奪魁先生進來。他向尚潔和他底妻子問過好，便坐在她們對面一張凳上。史夫人不管她丈夫要説什麼，頭一句就問："事情怎樣解決呢？"

史先生説："我正是為這事情來給長孫夫人一個信。昨天在會堂裡有一個很激烈的紛爭，因為有些人説可望底舉動是長孫夫人迫他做成的，應當剝奪她赴聖筵的權利。我和我奉真牧師在席間極力申辯，終歸無效。"他望着尚潔説："聖筵赴與不赴也不要緊。因為我們底信仰決不能為儀式所束縛；我們底行為，只求對得起良心就算了。"

"因為我沒有把那可憐的人交給警察，便責罰我麼？"

史先生搖頭説："不，不，現在的問題不在那事上頭。前天可望寄一封長信到會裡，説到你怎樣對他不住，怎樣想棄絕他去嫁給別人。他對於你和某人、某人往來的地點、時間都說出來。且說，他不願意再見你底面；若不與你離婚，他永不回家。信他所說的人很多，我們怎樣申辯也挽不過來。我們雖然知道事實不是如此，可是不能找出什麼憑據來證明。我現在正要告訴你，若是要到法庭去的話，我可以幫你底忙。這裡不像我們祖國，公庭上沒有女人說話的地位。況且他底買賣起先都是你拿資本出來；要離異時，照法律，最少總得把財產分一半給你。……像這樣的男子，不要他也罷了。"

尚潔說："那事實現在不必分辯，我早已對嫂子說明了。會裡因為信條底緣故，說我底行為不合道理，便禁止我赴聖筵——這是他們所信的，我有什麼可說的呢！"她說到末一句，聲音便低下了。她底顏色很像為同會底人誤解她和誤解道理惋惜。

"唉，同一樣道理，為何信仰的人會不一樣？"

她聽了史先生這話，便興奮起來，說："這何必問？你不常聽見人說：'水是一樣，牛喝了便成乳汁，蛇喝了便成毒液'嗎？我管保我所得能化為乳汁，哪能干涉人家所得的變成毒液呢？若是到法庭去的話，倒也不必。我本沒有正式和他行過婚禮，自毋須乎在法庭上公佈離婚。若說他不願意再見我底面，我儘可以搬出去。財產是生活的贅瘤，不要也罷，和他爭什麼？……他賜給我的恩惠已是不少，留着給他……"

"可是你一把財產全部讓給他，你立刻就不能生活。還有佩荷呢？"

　　尚潔沉吟半晌便說：“不妨，我私下也曾積聚些少，只不能支持到一年罷了。但不論如何，我總得自己撐扎。至於佩荷……”她又沉思了一會，才續下去說：“好罷，看他底意思怎樣，若是他願意把那孩子留住，我也不和他爭。我自己一個人離開這裡就是。”

　　他們夫婦二人深知道尚潔底性情，知道她很有主意，用不着別人指導。並且她在無論什麼事情上頭都用一種宗教底精神去安排。她底態度常顯出十分冷靜和沉毅，做出來的事，有時超乎常人意料之外。

　　史先生深信她能夠解決自己將來的生活，一聽了她底話，便不再說什麼，只略略把眉頭皺了一下而已。史夫人在這兩三個星期間，也很為她費了些籌劃。他們有一所別業在土華地方，早就想教尚潔到那裡去養病；到現在她才開口說：“尚潔妹子，我知道你一定有更好的主意，不過你底身體還不甚復原，不能立刻出去做什麼事情，何不到我們底別莊裡靜養一下，過幾個月再行打算？”史先生接着對他妻子說：“這也好。只怕路途遠一點，由海船去，最快也得兩天才可以到。但我們都是慣於出門的人，海濤底顛簸當然不能制服我們。若是要去的話，你可以陪着去，省得寂寞了長孫夫人。”

　　尚潔也想找一個靜養的地方，不意他們夫婦那麼仗義，所以不待躊躇便應許了。她不願意為自己底緣故教別人麻煩，因此不讓史夫人跟着前去。她說：“寂寞的生活是我嘗慣的。史嫂子在家裡也有許多當辦的事情，哪裡能夠和我同行？還是我自己去好一點。我很感謝你們二位底高誼，要怎樣表示我底謝忱，我卻不懂得；就是懂，也不能表示得萬分之一。我只說一聲'感激莫名'便了。史先生，煩你再去問他要怎樣處置佩荷，等這事弄清楚，我便要動身。"她說着，就從方才摘下的玫瑰中間選出一朵好看的遞給史先生，教他插在胸前底鈕門上。不久，史先生也就起立告辭，替她辦交涉去了。

土華在馬來半島底西岸，地方雖然不大，風景倒還幽致。那海裡出的珠寶不少，所以住在那裡的多半是搜寶之客。尚潔住的地方就在海邊一叢棕林裡。在她底門外，不時看見採珠底船往來於金的塔尖和銀的浪頭之間。這採珠底工夫賜給她許多教訓。因為她這幾個月來常想着人生就同入海採珠一樣；整天冒險入海裡去，要得着多少，得着什麼，採珠者一點把握也沒有。但是這個感想決不會妨害她底生命。她見那些人每天迷濛濛地搜求，不久就理會她在世間的歷程也和採珠底工作一樣。要得着多少，得着什麼，雖然不在她底權能之下，可是她每天總得入海一遭，因為她底本份就是如此。

她對於前途不但沒有一點灰心，且要更加奮勉。可望雖是剝奪她們母女的關係，不許佩荷跟着她，然而她仍不忍棄掉她底責任，每月要托人暗地裡把吃的用的送到故家去給她女兒。

她現在已變主婦底地位為一個珠商底記室了。住在那裡

的人，都說她是人家底棄婦，就看輕她，所以她所交遊的都
是珠船裡的工人。那班沒有思想的男子在休息的時候，便因
着她底姿色爭來找她開心。但她底威儀常是調伏這班人的邪
念，教他們轉過心來承認她是他們底師保。

　　她一連三年，除幹她底正事以外，就是教她那班朋友說
幾句英吉利語，唸些少經文，知道些少常識。在她底團體
裡，使令、供養，無不如意。若說過快活日子，能像她這
樣，也就不劣了。

　　雖然如此，她還是有缺陷的。社會地位，沒有她底份；
家庭生活，也沒有她底份；我們想想，她心裡到底有什麼感
覺？前一項，於她是不甚重要的；後一項，可就繚亂她底衷
腸了！史夫人雖常寄信給她，然而她不見信則已，一見了
信，那種說不出來的傷感就加增千百倍。

　　她一想起她底家庭，每要在樹林裡徘徊，樹上底蛞蝓常
要幻成她女兒底聲音對她說：“母思兒耶？母思兒耶？”這
本不是奇跡，因為發聲者無情，聽音者有意；她不但對於那
些小蟲底聲音是這樣，即如一切的聲音和顏色，偶一觸着她
底感官，便幻成她底家庭了。

　　她坐在林下，遙望着無涯的波浪，一度一度地掀到岸
邊，常覺得她底女兒踏着浪花踴躍而來，這也不止一次了。
那天，她又坐在那裡，手拿着一張佩荷底小照，那是史夫人
最近給她寄來的。她翻來翻去地看，看得眼昏了。她猛一抬
頭，又得着常時所現的異象。她看見一個人攜着她底女兒從
海邊上來，穿過林樾，一直走到跟前。那人說：“長孫夫

人，許久不見，貴體康健啊！我領你底女兒來找你哪。"

尚潔此時，展一展眼睛，才理會果然是史先生攜着佩荷找她來。她不等回答史先生底話，便上前用力摟住佩荷！她底哭聲從她愛心的深密處殷雷似地震發出來。佩荷因為不認得她，害怕起來，也放聲哭了一場。史先生不知道感觸了什麼，也在旁邊只儘管擦眼淚。

這三種不同情緒的哭泣止了以後，尚潔就嗚咽地問史先生說："我實在喜歡。想不到你會來探望我，更想不到佩荷也能來！……"她要問的話很多，一時摸不着頭緒。只摟定佩荷，眼看着史先生出神。

史先生很莊重地說："夫人，我給你報好消息來了。"

"好消息？"

"你且鎮定一下，等我細細地告訴你。我們一得着這消息，我底妻子就教我和佩荷一同來找你。這奇事，我們以前都不知道，到前十幾天才聽見我奉真牧師說的。我牧師自那年為你底事卸職後，他底生活，你已經知道了。"

"是，我知道。他不是白天做裁縫匠，晚間還做製餅師嗎？我信得過，神必要幫助他，因為神底兒子說：'為義受逼迫的人是有福的。'他底事業還順利嗎？"

"倒沒有什麼過不去的地方。他不但日夜勞動，在合宜的時候，還到處去傳福音哪。他現在不用這樣地吃苦，因為他底老教會看他底行為，請他回國仍舊當牧師去，在前一個星期已經動身了。"

"是嗎！謝謝神！他必不能長久地受苦。"

　　"就是因為我牧師回國的事，我才能到這裡來。你知道長孫先生也受了他底感化麼？這事詳細地說起來，倒是一種神跡。我現在來，也是為告訴你這件事。

　　"前幾天，長孫先生忽然到我家裡找我。他一向就和我們很生疏，好幾年也不過訪一次，所以這次的來，教我們很詫異。他第一句就問你底近況如何，且訴說他底懊悔。他說這反悔是忽然的，是我牧師警醒他的。現在我就將他底話，照樣地說一遍給你聽——

　　"'在這兩三年間，我牧師常來找我談話，有時也請我到他底麵包房裡去聽他講道。我和他來往那麼些次，就覺得他是我底好師傅。我每有難決的事情或疑慮的問題，都去請教他。我自前年生事，二人分離以後，每疑惑尚潔官底操守，又常聽見家裡傭人思念她的話，心裡就十分懊悔。但我總想着，男人說話將軍箭，事已做出，哪裡還有臉皮收回來？本是打算給它一個錯到底的。然而日子越久，我就越覺得不對。到我牧師要走，最末次命我去領教訓的時候，講了一章經，教我很受感動。散會後，他對我說，他盼望我做的是請尚潔官回來。他又唸《馬可福音》十章給我聽，我自得着那教訓以後，越覺得我很卑鄙、兇殘、淫穢，很對不住她。現在要求你先把佩荷帶去見她，盼望她為女兒的緣故赦免我。你們可以先走，我隨後也要親自前往。'

　　"他說懊悔的話很多，我也不能細說了。等他來時，容他自己對你細說罷。我很奇怪我牧師對於這事，以前一點也沒有對我說過，到要走時，才略提一提；反教他來到我那裡

去，這不是神跡嗎？"

　　尚潔聽了這一席話，卻沒有顯出特別愉悅的神色，只說："我底行為本不求人知道，也不是為要得人家的憐恤和讚美；人家怎樣待我，我就怎樣受，從來是不計較的。別人傷害我，我還饒恕，何況是他呢？他知道自己底鹵莽，是一件極可喜的事。——你願意到我屋裡去看一看嗎？我們一同走走罷。"

　　他們一面走，一面談。史先生問起她在這裡的事業如何，她不願意把所經歷的種種苦處盡說出來，只說："我來這裡，幾年的工夫也不算浪費，因為我已找着了許多失掉的珠子了！那些靈性的珠子，自然不如入海去探求那麼容易，然而我竟能得着二三十顆。此外，沒有什麼可以告訴你。"

　　尚潔把她底事情結束停當，等可望不來，打算要和史先生一同回去。正要到珠船裡和她底朋友們告辭，在路上就遇見可望跟着一個本地人從對面來。她認得是可望，就堆着笑容，搶前幾步去迎他，說："可望君，平安哪！"可望一見她，也就深深地行了一個敬禮，說："可敬的婦人，我所做的一切事都是傷害我底身體，和你我二人底感情，此後我再不敢了。我知道我多多地得罪你，實在不配再見你底面，盼望你不要把我底過失記在心中。今天來到這裡，為的是要表明我悔改底行為；還要請你回去管理一切所有的。你現在要到哪裡去呢？我想你可以和史先生先行動身，我隨後回來。"

　　尚潔見他那番誠懇的態度，比起從前，簡直是兩個人，心裡自然滿是愉快，且暗自謝她底神在他身上所顯的奇跡。

她說：“呀！往事如夢中之煙，早已在虛幻裡消散了，何必重行提起呢？凡人都不可積聚日間的怨恨、怒氣和一切傷心的事到夜裡，何況是隔了好幾年的事？請你把那些事情擱在腦後罷。我本想到船裡去，向我那班同工底人辭行。你怎樣不和我們一起回去，還有別的事情要辦麼？史先生現時在他底別業——就是我住的地方——我們一同到那裡去罷，待一會，再出來辭行。”

“不必，不必。你可以去你的，我自己去找他就可以。因為我還有些正當的事情要辦。恐怕不能和你們一同回去；什麼事，以後我才教你知道。”

“那麼，你教這土人領你去罷，從這裡走不遠就是。我先到船裡，回頭再和你細談。再見哪！”

她從土華回來，先住在史先生家裡，意思是要等可望來到，一同搬回她底舊房子去。誰知等了好幾天，也不見他底影。她才知道可望在土華所說的話意有所含蓄。可是他到哪裡去呢？去幹什麼呢？她正想著，史先生拿了一封信進來對她說：“夫人，你不必等可望了，明後天就搬回去罷。他寄給我這一封信說，他有許多對不起你的地方，都是出於激烈的愛情所致，因他愛你的緣故，所以傷了你。現在他要把從前邪惡的行為和暴躁的脾氣改過來，且要償還你這幾年來所受的苦楚，故不得不暫時離開你。他已經到檳榔嶼了。他不直接寫信給你的緣故，是怕你傷心，故此寫給我，教我好安慰你；他還說從前一切的產業都是你的，他不應獨自霸佔了許久，要求你盡量地享用，直等到他回來。

　　"這樣看來，不如你先搬回去，我這裡派人去找他回來如何？唉，想不到他一會兒就能悔改到這步田地！"

　　她遇事本來很沉靜，史先生說時，她底顏色從不曾顯出什麼變態，只說："為愛情麼？為愛而離開我麼？這是當然的，愛情本如極利的斧子，用來剝削命運常比用來整理命運的時候多一些。他既然規定他自己底行程，又何必費工夫去尋找他呢？我是沒有成見的，事情怎樣來，我怎樣對付就是。"

　　尚潔搬回來那天，可巧下了一點雨，好像上天使園裡的花木特地沐浴得很妍淨來迎接它們底舊主人一樣。她進門時，妥娘正在整理廳堂，一見她來，便嚷着："奶奶，你回來了！我們很想念你哪！你底房間亂得很，等我把各樣東西安排好再上去。先到花園去看看罷，你手植各樣的花木都長大了。後面那棵釋迦頭長得像羅傘一樣，結果也不少，去看看罷。史夫人早和佩荷姑娘來了，他們現時也在園裡。"

　　她和妥娘說了幾句話，便到園裡。一拐彎，就看見史夫人和佩荷坐在樹蔭底下一張凳上——那就是幾年前，她要被刺那夜，和史夫人坐着談話的地方。她走來，又和史夫人並肩坐在那裡。史夫人說來說去，無非是安慰她的話。她像不信自己這樣的命運不甚好，也不信史夫人用定命論底解釋來安慰她，就可以使她滿足。然而她一時不能說出合宜的話，教史夫人明白她心中毫無憂鬱在內。她無意中一抬頭，看見佩荷拿着樹枝把結在玫瑰花上一個蜘蛛網撩破了一大部分。她注神許久，就想出一個意思來。

她說：「呀，我給這個比喻，你就明白我底意思。

「我像蜘蛛，命運就是我底網。蜘蛛把一切有毒無毒的昆蟲吃入肚裡，回頭把網組織起來。它第一次放出來的游絲，不曉得要被風吹到多麼遠；可是等到黏着別的東西的時候，它底網便成了。

「它不曉得那網什麼時候會破，和怎樣破法。一旦破了，它還暫時安安然然地藏起來；等有機會再結一個好的。

「它底破網留在樹梢上，還不失為一個網。太陽從上頭照下來，把各條細絲映成七色；有時黏上些少水珠，更顯得燦爛可愛。

「人和他底命運，又何嘗不是這樣？所有的網都是自己組織得來，或完或缺，只能聽其自然罷了。」

史夫人還要說時，妥娘來說屋子已收拾好了，請她們進去看看。於是，她們一面談，一面離開那裡。

園裡沒人，寂靜了許久。方才那隻蜘蛛悄悄地從葉底出來，向着網底破裂處，一步一步，慢慢補綴。它補這個幹什麼？因為它是蜘蛛，不得不如此！

（原載一九二二年《小說月報》十三卷二號）

枯楊生花

秒，分，年月，

 是用機械算的時間。

白頭，皺皮，

 是時間栽培的肉身。

誰曾見過心生白髮？

 起了皺紋？

心花無時不開放，

 雖寄在愁病身、老死身中，

也不減他的輝光。

 那麼，誰說枯楊生花不久長？

"身不過是糞土"，

 是栽培心花的糞土。

污穢的土能養美麗的花朵，

 所以老死的身能結長壽的心果。

　　在這漁村裡，人人都是慣於海上生活的。就是女人們有時也能和她們的男子出海打魚，一同在那漂蕩的浮屋過日子。但住在村裡，還有許多願意和她們的男子過這樣危險生活也不能的女子們；因為她們的男子都是去國的旅客，許久許久才隨着海燕一度歸來，不到幾個月又轉回去了。可羨燕子的歸來都是成雙的；而背離鄉井的旅人，除了他們的行李以外，往往還還，終是非常孤零。

小港裡，榕蔭深處，那家姓金的，住着一個老婆子雲姑和她的媳婦。她的兒子是個遠道的旅人，已經許久沒有消息了。年月不歇地奔流，使雲姑和她媳婦的身心滿了煩悶、苦惱，好像溪邊的巖石，一方面被這時間的水沖刷了她們外表的光輝，一方面又從上流帶了許多垢穢來停滯在她們身邊。這兩位憂鬱的女人，為她們的男子不曉得費了許多無用的希望和探求。

這村，人煙不甚稠密，生活也很相同，所以測驗命運的瞎先生很不輕易來到。老婆子一聽見 "報君知" 的聲音，沒一次不趕快出來候着，要問行人的氣運。她心裡的想念比媳婦還切。這緣故，除非自己說出來，外人是難以知道的，每次來，都是這位瞎先生。每回的卦，都是平安、吉利；所短的只是時運來到。

那天，瞎先生又敲着他的報君知來了。老婆子早在門前等候。瞎先生是慣在這家測算的，一到，便問："雲姑，今天還問行人麼？"

"他一天不回來，終是要煩你的。不過我很思疑你的占法有點不靈驗。這麼些年，你總是說我們能夠會面，可是現在連書信的影兒也沒有了。你最好就是把小鉦給了我，去幹別的營生罷。你這不靈驗的先生！"

瞎先生陪笑説："哈哈，雲姑又和我鬧玩笑了。你兒子的時運就是這樣，——好的要等着；壞的……"

"壞的怎樣？"

"壞的立刻驗。你的卦既是好的，就得等着。縱然把我的小鉦摔破了也不能教他的好運早進一步的。我告訴你，若要相見，倒用不着什麼時運，只要你肯去找他就可以，你不是去過好幾次了麼。"

"若去找他，自然能夠相見，何用你説？唪！"

"因為你心急，所以我又提醒你，我想你還是走一趟好。今天你也不要我算了。你到那裡，若見不着他，回來再把我的小鉦取去也不遲。那時我也要承認我的占法不靈，不配幹這營生了。"

瞎先生這一番話雖然帶着搭趄的意味，可把雲姑遠行尋子的念頭提醒了。她説："好罷，過一兩個月再沒有消息，我一定要去走一遭，你且候着，若再找不着他，提防我摔碎你的小鉦。"

瞎先生連聲説："不至於，不至於。"扶起他的竹杖，順着池邊走。報君知的聲音漸漸地響到榕蔭不到的地方。

一個月，一個月，又很快地過去了。雲姑見他老沒消息，徑同着媳婦從鄉間來。路上的風波，不用説，是受夠了。老婆子從前是來過三兩次的，所以很明白往兒子家裡要望那方前進。前度曾來的門牆依然映入雲姑的瞳子。她覺得今番的顏色比前輝煌得多。眼中的瞳子好像對她説："你看兒子發財了！"

她早就疑心兒子發了財，不顧母親，一觸這鮮艷的光景，就帶着呵責對媳婦說：“你每用話替他粉飾，現在可給你親眼看見了。”她見大門虛掩，順手推開，也不打聽，就望裡邁步。

媳婦說：“這怕是別人的住家；娘敢是走錯了。”

她索性拉着媳婦的手，回答說：“哪會走錯？我是來過好幾次的。”媳婦才不做聲，隨着她走進去。

嫣媚的花草各立定在門內的小園，向着這兩個村婆裝腔、作勢。路邊兩行千心妓女從大門達到堂前，剪得齊齊地。媳婦從不曾見過這生命的扶檻，一面走着，一面用手在上頭捋來捋去。雲姑說：“小奴才，很會享福呀！怎麼從前一片瓦礫場，今兒能長出這般爛漫的花草？你看這奴才又為他自己化了多少錢。他總不想他娘的田產，都是為他唸書用完的。唸了十幾二十年書，還不會剩錢；剛會剩錢，又想自己化了。哼！”

說話間，已到了堂前。正中那幅擬南田的花卉仍然掛在壁上。媳婦認得那是家裡帶來的，越發安心坐定。雲姑只管望裡面探望，望來望去，總不見兒子的影兒。她急得嚷道：“誰在裡頭？我來了大半天，怎麼沒有半個人影兒出來接應？”這聲浪擁出一個小廝來。

“你們要找誰？”

老婦人很氣地說：“我要找誰！難道我來了，你還裝做不認識麼？快請你主人出來。”

小廝看見老婆子生氣，很不好惹，遂恭恭敬敬地說：

"老太太敢是大人的親眷？"

"什麼大人？在他娘面前也要排這樣的臭架。"這小廝很詫異，因為他主人的母親就住在樓上，哪裡又來了這位母親。他說："老太太莫不是我家蕭大人的……"

"什麼蕭大人？我兒子是金大人。"

"也許是老太太走錯門了。我家主人並不姓金。"

她和小廝一句來，一句去，說的怎麼是，怎麼不是——鬧了一陣還分辨不清。鬧得裡面又跑出一個人來。這個人卻認得她，一見便說："老太太好呀！"她見是兒子成仁的廚子，就對他說："老宋你還在這裡。你聽那可惡的小廝硬說他家主人不姓金，難道我的兒子改了姓不成？"

廚子說："老太太哪裡知道？少爺自去年年頭就不在這裡住了。這裡的東西都是他賣給人的。我也許久不吃他的飯了。現在這家是姓蕭的。"

成仁在這裡原有一條謀生的道路，不提防年來光景變遷，弄得他朝暖不保夕寒；有時兩三天才見得一點炊煙從屋角冒上來。這樣生活既然活不下去，又不好坦白地告訴家人。他只得把房子交回東主；一切家私能變賣的也都變賣了。雲姑當時聽見廚子所說，便問他現在的住址。廚子說："一年多沒見金少爺了；我實在不知道他現在在哪裡。我記得他對我說過要到別的地方去。"

廚子送了她們二人出來，還給她們指點道途。走不遠，她們也就沒有主意了。媳婦含淚低聲地自問："我們現在要往哪裡去？"但神經過敏的老婆子以為媳婦奚落她，便使氣說：“往去處去！”媳婦不敢再做聲，只默默地扶着她走。

　　這兩個村婆從這條街走到那條街，親人既找不着，道途又不熟悉，各人提着一個小包袱，在街上只是來往地踱。老人家走到極疲乏的時候，才對媳婦說道：“我們先找一家客店住下罷。可是……店在哪裡，我也不熟悉。”

　　“那怎麼辦呢？”

　　她們倆站在街心商量，可巧一輛摩托車從前面慢慢地駛來。因着警號的聲音，使她們靠裡走，且注意那坐在車上的人物。雲姑不看則已，一看便呆了大半天。媳婦也是如此，可惜那車不等她們嚷出來，已直駛過去了。

　　“方才在車上的，豈不是你的丈夫成仁？怎麼你這樣呆頭呆腦，也不會叫他的車停一會？”

　　“呀，我實在看呆了！……但我怎好意思在街上隨便叫人？”

　　“哼！你不叫，看你今晚上往哪裡住去。”

　　自從那摩托車過去以後，她們心裡各自懷着一個意思。做母親的想她的兒子在此地享福，不顧她，教人瞞着她說他窮。做媳婦的以為丈夫是另娶城市的美婦人，不要她那樣的村婆了。所以她暗地也埋怨自己的命運。

　　前後無盡的道路，真不是容人想念或埋怨的地方呀。她們倆，無論如何，總得找個住宿的所在；眼看太陽快要平西，若還猶豫，便要露宿了。在她們心緒紊亂中，一個巡捕弄着手裡的大黑棍子，撮起嘴唇，優悠地吹着些很鄙俗的歌調走過來。他看見這兩個婦人，形跡異常，就向前盤問。巡

捕知道她們是要找客店的旅人，就遙指着遠處一所棧房說：
"那間就是客店。"她們也不能再走，只得聽人指點。

她們以為大城裡的道路也和村莊一樣簡單，人人每天都
是走着一樣的路程。所以第二天早晨，老婆子顧不得梳洗，
便跑到昨天她們與摩托車相遇的街上。她又不大認得道，好
容易才給她找着了。站了大半天，雖有許多摩托車從她面前
經過；然而她心意中的兒子老不在各輛車上坐着。她站了一
會，再等一會，巡捕當然又要上來盤問。她指手劃腳，盡力
形容，大半天巡捕還不明白她說的是什麼意思。巡捕只好教
她走；勸她不要在人馬擾攘的街心站着。她沉吟了半晌，才
一步一步地踱回店裡。

媳婦挨在門框旁邊也盼望許久了。她熱望着婆婆給她好
消息來，故也不歇地望着街心。從早晨到晌午，總沒離開大
門；等她看見雲姑還是獨自回來，她的雙眼早就嵌上一層玻
璃罩子。這樣的失望並不稀奇，我們在每日生活中有時也是
如此。

雲姑進門，坐下，喘了幾分鐘，也不說話，只是搖頭。
許久才說："無論如何，我總得把他找着。可恨的是人一發
達就把家忘了；我非得把他找來清算不可。"媳婦雖是傷
心，還得掙扎着安慰別人。她說："我們至終要找着他。但
每日在街上候着，也不是個辦法，不如僱人到處打聽去更妥
當。"婆婆動怒了，說："你有錢，你僱人打聽去。"靜了
一會，婆婆又說："反正那條路我是認得的，明天我還得到
那裡候着。前天我們是黃昏時節遇着他的，若是晚半天去，

就能遇得着。"媳婦說："不如我去。我健壯一點，可以多站一會。"婆婆搖頭回答："不成，不成。這裡人心極壞，年輕的婦女少出去一些為是。"媳婦很失望，低聲自說："那天呵責我不攔車叫人，現在又不許人去。"雲姑翻起臉來說："又和你娘拌嘴了。這是什麼時候？"媳婦不敢再做聲了。

當下她們說了些找尋的方法。但雲姑是非常固執的，她非得自己每天站在路旁等候不可。

老婦人天天在路邊候着，總不見從前那輛摩托車經過。倏忽的光陰已過了一個月有餘，看來在店裡住着是支持不住了。她想先回到村裡，往後再作計較。媳婦又不大願意快走，爭奈婆婆的性子，做什麼事都如箭在弦上，發出的多，挽回的少；她的話雖在喉頭，也得從容地再吞下去。

她們下船了。舷邊一間小艙就是她們的住處。船開不久，浪花已順着風勢頻頻地打擊圓窗。船身又來回簸蕩，把她們都蕩暈了。第二晚，在眠夢中，忽然"花拉"一聲，船面隨着起一陣恐怖的呼號。媳婦忙掙扎起來，開門一看，已見客人擁擠着，竄來竄去，好像老鼠入了吊籠一樣。媳婦忙退回艙裡，搖醒婆婆說："阿娘，快出去罷！"老婆子忙爬起來，緊拉着媳婦望外就跑。但船上的人你擠我，我擠你；船板又濕又滑；惡風怒濤又不稍減；所以搭客因摔倒而滾入海的很多。她們二人出來時，也摔了一跤；婆婆一撒手，媳婦不曉得又被人擠到什麼地方去了。雲姑被一個青年人扶起來，就緊揪住一條桅索，再也不敢動一動。她在那裡只高聲呼喚媳婦，但在那時，不要說千呼萬喚，就是雷音獅吼也不

中用。

天明了，可幸船還沒沉，只擱在一塊大礁石上，後半截完全泡在水裡。在船上一部分人因為慌張擁擠的緣故，反比船身沉沒得快。雲姑走來走去，怎也找不着她媳婦。其實夜間不曉得丟了多少人，正不止她媳婦一個。她哭得死去活來，也沒人來勸慰。那時節誰也有悲傷，哀哭並非稀奇難遇的事。

船擱在礁石上好幾天，風浪也漸漸平復了。船上死剩的人都引頸盼顧，希望有船隻經過，好救度他們。希望有時也可以實現的，看天涯一縷黑煙越來越近，雲姑也忘了她的悲哀，隨着眾人吶喊起來。

雲姑隨眾人上了那隻船以後，她又想念起媳婦來了。無知的人在平安時的回憶總是這樣。她知道這船是向着來處走，並不是往去處去的；於是她的心緒更亂。前幾天因為到無可奈何的時候才離開那城，現在又要折回去；她一想起來，更不能制止淚珠的亂墜。

現在船中只有她是悲哀的。客人中，很有幾個走來安慰她，其中一位朱老先生更是殷勤。他問了雲姑一席話；很憐憫她，教她上岸後就在自己家裡歇息，慢慢地尋找她的兒子。

慈善事業只合淡泊的老人家來辦的；年少的人辦這事，多是為自己的愉快，或是為人間的名譽恭敬。朱老先生很誠懇地帶着老婆子回到家中，見了妻子，把情由說了一番。妻子也很仁惠，忙給她安排屋子，凡生活上一切的供養都為她預備了。

　　朱老先生用盡方法替她找兒子，總是沒有消息。雲姑覺得住在別人家裡有點不好意思。但現在她又回去不成了。一個老婦人，怎樣營獨立的生活！從前還有一個媳婦將養她，現在媳婦也沒有了。晚景朦朧，的確可怕、可傷。她青年時又很要強、很獨斷，不肯依賴人，可是現在老了。兩位老主人也樂得她住在家裡，故多用方法使她不想。

　　人生總有多少難言之隱，而老年的人更甚。她雖不慣居住城市，而心常在城市。她想到城市來見見她兒子的面是她生活中最要緊的事體。這緣故，不說她媳婦不知道，連她兒子也不知道。她隱秘這事，似乎比什麼事都嚴密。流離的人既不能滿足外面的生活，而內心的隱情又時時如毒蛇圍繞着她。老人的心還和青年人一樣，不是離死境不遠的。她被思維的毒蛇咬傷了。

　　朱老先生對於道旁人都是一樣愛惜，自然給她張羅醫藥，但世間還沒有藥能夠醫治想病。他沒有法子，只求雲姑把心事說出，或者能得一點醫治的把握。女人有話總不輕易說出來的。她知道說出來未必有益，至終不肯吐露絲毫。

　　一天，一天，很容易過，急他人之急的朱老先生也急得一天厲害過一天。還是朱老太太聰明，把老先生提醒了說："你不是說她從滄海來的呢？四妹夫也是滄海姓金的，也許他們是同族，怎不向他打聽一下？"

　　老先生說："據你四妹夫說滄海全村都是姓金的，而且出門的很多，未必他們就是近親；若是遠族，那又有什麼用處？我也曾問過她認識思敬不認識，她說村裡並沒有這個

人。思敬在此地四十多年，總沒回去過；在理，他也未必認識她。"

老太太說："女人要記男子的名字是很難的。在村裡叫的都是什麼'牛哥'、'豬郎'，一出來，把名字改了，叫人怎能認得？女人的名字在男子心中總好記一點，若是滄海不大，四妹夫不能不認識她。看她現在也六十多歲了；在四妹夫來時，她至少也在二十五六歲左右。你說是不是？不如你試到他那裡打聽一下。"

他們商量妥當，要到思敬那裡去打聽這老婦人的來歷。思敬與朱老先生雖是連襟，卻很少往來。因為朱老太太的四妹很早死，只留下一個兒子礦生。親戚家中既沒有女人，除年節的遺贈以外，是不常往來的。思敬的心情很坦蕩，有時也詼諧，自妻死後，便將事業交給那年輕的兒子，自己在市外蓋了一所別莊，名做滄海小浪仙館；在那裡已經住過十四五年了。白手起家的人，像他這樣知足，會享清福的很少。

小浪仙館是藏在萬竹參差裡。一灣流水圍繞林外，儼然是個小洲，需過小橋方能達到館裡。朱老先生順着小橋過去。小林中養着三四隻鹿，看見人在道上走，都搶着跑來。深秋的昆蟲，在竹林裡也不少，所以這小浪仙館都滿了蟲聲、鹿跡。朱老先生不常來，一見這所好園林，就和拜見了主人一樣；在那裡盤桓了多時。

思敬的別莊並非金碧輝煌的高樓大廈，只是幾間覆茅的小屋。屋裡也沒有什麼稀世的珍寶，只是幾架破書，幾卷殘畫。老先生進來時，精神怡悅的思敬已笑着出來迎接。

"襟兄少會呀！你在城市總不輕易到來，今日是什麼興頭使你老人家光臨？"

朱老先生說："自然，'沒事就不登三寶殿'，我來特要向你打聽一件事。但是你在這裡很久沒回去，不一定就能知道。"

思敬問："是我家鄉的事麼？"

"是，我總沒告訴你我這夏天從香港回來，我們的船在水程上救濟了幾十個人。"

"我已知道了，因為礪生告訴我。我還教他到府上請安去。"

老先生詫異說："但是礪生不曾到我那裡。"

"他一向就沒去請安麼？這孩子越學越不懂事了！"

"不，他是很忙的，不要怪他。我要給你說一件事：我在船上帶了一個老婆子。……"

詼諧的思敬狂笑，攔着說："想不到你老人家的心總不會老！"

老先生也笑了說："你還沒聽我說完哪。這老婆子已六十多歲了，她是為找兒子來的；不幸找不着，帶着媳婦要回去。風浪把船打破，連她的媳婦也打丟了。我見她很零丁，就帶她回家裡暫住。她自己說是從滄海來的。這幾個月中，我們夫婦為她很擔心，想她自己一個人再去又沒依靠的人；在這裡，又找不着兒子；自己也急出病來了。問她的家世，她總說得含含糊糊，所以特地來請教。"

"我又不是滄海的鄉正，不一定就能認識她。但六十左右

的人，多少我還認識幾個。她叫什麼名字？"

"她叫做雲姑。"

思敬注意起來了。他問："是嫁給日騰的雲姑麼？我認得一位日騰嫂小名叫雲姑。但她不致有個兒子到這裡來，使我不知道。"

"她一向就沒說起她是日騰嫂；但她兒子名叫成仁，是她親自對我說的。"

"是呀，日騰嫂的兒子叫阿仁是不錯的。這，我得去見見她才能知道。"

這回思敬倒比朱老先生忙起來了。談不到十分鐘，他便催着老先生一同進城去。

一到門，朱老先生對他說："你且在書房候着，待我先進去告訴她。"他跑進去，老太太正陪着雲姑在床沿坐着。老先生對她說："你的妹夫來了。這是很湊巧的，他說認識她。"他又向雲姑說："你說不認得思敬，思敬倒認得你呢。他已經來了，待一回，就要進來看你。"

老婆子始終還是說不認識思敬。等他進來，問她："你可是日騰嫂？"她才驚訝起來。怔怔地望着這位灰白眉髮的老人。半晌才問："你是不是日輝叔？"

"可不是！"老人家的白眉望上動了幾下。

雲姑的精神這回好像比沒病時還健壯。她坐起來，兩隻眼睛凝望着老人，搖搖頭嘆說："呀，老了！"

思敬笑說："老麼？我還想活三十年哪。沒想到此生還能在這裡見你！"

　　雲姑的老淚流下來，說："誰想得到？你出門後總沒有信。若是我知道你在這裡，仁兒就不致於丟了。"

　　朱老先生夫婦們眼對眼在那裡猜啞謎；正不曉得他們是怎麼一回事。思敬坐下，對他們說："想你們二位要很詫異我們的事。我們都是親戚，年紀都不小了，少年時事，說說也無妨。雲姑是我一生最喜歡、最敬重的。她的丈夫是我同族的哥哥，可是她比我少五歲。她嫁後不過一年，就守了寡——守着一個遺腹子。我於她未嫁時就認得她的，我們常在一處。自她嫁後，我也常到她家裡。"

　　"我們住的地方只隔一條小巷，我出入總要由她門口經過。自她寡後，心性變得很浮躁，喜怒又無常，我就不常去了。"

　　"世間湊巧的事很多！阿仁長了五六歲，偏是很像我。"

　　朱老先生截住說："那麼，她說在此地見過成仁，在摩托車上的定是礦生了。"

　　"你見過礦生麼？礦生不認識你，見着也未必理會。"他向着雲姑說了這話，又轉過來對着老先生，"我且說村裡的人很沒知識，又很愛說人閑話；我又是弱房的孤兒，族中人總想找機會來欺負我。因為阿仁，幾個壞子弟常來勒索我，一不依，就要我見官去，說我'盜嫂'，破寡婦的貞節。我為兩方的安全，帶了些少金錢，就跑到這裡來。其實我並不是個商人，趕巧又能在這裡成家立業。但我終不敢回去，恐怕人家又來欺負我。"

　　"好了，你既然來到，也可以不用回去。我先給你預備住

處，再想法子找成仁。"

思敬並不多談什麼話，只讓雲姑歇下，同着朱老先生出外廳去了。

當下思敬要把雲姑接到別莊裡，朱老先生因為他們是同族的嫂叔，當然不敢強留。雲姑雖很喜歡，可躺病在床，一時不能移動，只得暫時留在朱家。

在床上的老病人，忽然給她見着少年時所戀、心中常想而不能說的愛人，已是無上的藥餌足能治好她。此刻她的眉也不皺了。旁邊人總不知她心裡有多少愉快，只能從她面部的變動測驗一點。

她躺着翻開她心史最有趣的一頁。

記得她丈夫死時，她不過是二十歲；雖有了孩子，也是難以守得住；何況她心裡又另有所戀。日日和所戀的人相見，實在教她忍不得去過那孤寡的生活。

鄰村的天后宮，每年都要演酬神戲。村人借着這機會可以消消閑，所以一演劇時，全村和附近的男女都來聚在台下，從日中看到第二天早晨。那夜的戲目是《殺子報》，雲姑也在台下坐着看。不到夜半，她已看不入眼，至終給心中的煩悶催她回去。

回到家裡，小嬰兒還是靜靜地睡着；屋裡很熱，她就依習慣端一張小凳子到偏門外去乘涼。這時巷中一個人也沒有。近處只有印在小池中的月影伴着她。遠地的鑼鼓聲、人聲，又時時送來攪擾她的心懷。她在那裡，對着小池暗哭。

巷口，腳步的回聲令她轉過頭來視望。一個人吸着旱煙筒從那邊走來。她認得是日輝，心裡頓然安慰。日輝那時是個斯文的學生；所住的是在村尾，這巷是他往來必經之路。他走近前，看見雲姑獨自一人在那裡，從月下映出她雙頰上幾行淚光。寡婦的哭本來就很難勸。他把旱煙吸得嗅嗅有聲，站住說：“還不睡去；又傷心什麼？”

　　她也不回答，一手就把日輝的手揸住。沒經驗的日輝這時手忙腳亂，不曉得要怎樣才好。許久，他才說：“你把我揸住，就能使你不哭麼？”

　　“今晚上，我可不讓你回去了。”

　　日輝心裡非常害怕，血脈動得比常時快；煙筒也揸得不牢，落在地上。他很鄭重地對雲姑說：“諒是今晚上的戲使你苦惱起來。我不是不依你，不過這村裡只有我一個是‘讀書人’，若有三分不是，人家總要加上七分譴謫。你我的名分已是被定到這步田地，族人對你又懷着很大的希望，我心裡即如火焚燒着，也不能用你這點清涼水來解救。你知道若是有父母替我做主，你早是我的人；我們就不用各受各的苦了。不用心急，我總得想方法安慰你。我不是怕破壞你的貞節，也不怕人家罵我亂倫，因為我們從少時就在一處長大的，我們的心腸比那些還要緊。我怕的是你那兒子還小，若是什麼風波，豈不白害了他？不如再等幾年，我有多少長進的時候，再……”

　　屋裡的小孩子醒了，雲姑不得不鬆了手，跑進去招呼他。日輝乘隙走了。婦人出來，看不見日輝，正在悵望，忽然有人攔腰抱住她。她一看，卻是本村的壞子弟臭狗。

“臭狗，為什麼把人抱住？”

“你們的話，我都聽見了。你已經留了他，何妨再留我？”

婦人急起來，要嚷。臭狗說：“你一嚷，我就去把日輝揪來對質，一同上祠堂去；又告訴稟保，不保他赴府考，叫他秀才也做不成。”他嘴裡說，一隻手在女人頭面身上自由摩挲，好像亂在沙盤上亂動一般。

婦人嚷不得，只能用最後的手段，用極甜軟的話向着他：“你要，總得人家願意；人家若不願意，就許你抱到明天，那有什麼用處？你放我下來，等我進去把孩子挪過一邊……”

性急的臭狗還不等她說完，就把她放下來。一副諂媚如小鬼的臉向着婦人說：“這回可願意了。”婦人送他一次媚視，轉身把門急掩起來，臭狗見她要逃脫，趕緊插一隻腳進門限裡。這偏門是獨扇的，婦人手快，已把他的腳夾住，又用全身的力量頂着。外頭，臭狗求饒的聲，叫不絕口。

“臭狗，臭狗，誰是你佔便宜的，臭蛤蟆。臭蛤蟆要吃肉也得想想自己沒翅膀！何況你這臭狗，還要跟着鳳凰飛，有本領，你就進來罷。不要臉！你這臭鬼，真臭得比死狗還臭。”

外頭直告饒，裡邊直詈罵，直堵。婦人力盡的時候才把他放了。那夜的好教訓是她應受的。此後她總不敢於夜中在門外乘涼了。臭狗吃不着“天鵝”，只是要找機會復仇。

過幾年，成仁已四五歲了。他長得實在像日輝，村中多事的人——無疑臭狗也在內——硬説他的來歷不明。日輝本是很顧體面的，他禁不起千口同聲硬把事情攔在他身，使他清白的名字被塗得漆黑。

那晚上，雷雨交集。婦人怕雷，早把窗門關得很嚴，同那孩子伏在床上。子刻已過，當巷的小方窗忽然霍霍地響。婦人害怕不敢問。後來外頭叫了一聲“騰嫂”，她認得這又斯文又驚惶的聲音，才把窗門開了。

“原來是你呀！我以為是誰。且等一會，我把燈點好，給你開門。”

“不，夜深了，我不進去。你也不要點燈了，我就站在這裡給你説幾句話罷。我明天一早就要走了。”這時電光一閃，婦人看見日輝臉上、身上滿都濕了。她還沒工夫辨別那是雨、是淚，日輝又接着往下説：“因為你，我不能再在這村裡住，反正我的前程是無望的了。”

婦人默默地望着他，他從袖裡掏出一卷地契出來，由小窗送進去。説：“嫂子，這是我現在所能給你的。我將契寫成賣給成仁的字樣，也給縣裡的房吏説好了。你可以收下，將來給成仁做書金。”

他將契交給婦人，便要把手縮回。婦人不願接契，忙把他的手揸住。契落在地上，婦人好像不理會，雙手捧着日輝的手往復地摩挲，也不言語。

“你忘了我站在深夜的雨中麼？該放我回去啦，待一回有人來，又不好了。”

婦人仍是不放，停了許久，才説：“方才我想問你什麼

來，可又忘了。……不錯，你還沒告訴我你要到哪裡去咧。"

"我實在不能告訴你，因為我要先到廈門去打聽一下再定規。我從前想去的是長崎，或是上海，現在我又想向南洋去，所以去處還沒一定。"

婦人很傷悲地說："我現在把你的手一撒，就像把風箏的線放了一般，不知此後要到什麼地方找你去。"

她把手撒了，男子仍是呆呆地站着。他又像要說話的樣子；婦人也默默地望着。雨水欺負着外頭的行人；閃電專要嚇裡頭的寡婦；可是他們都不介意。在黑暗裡，婦人只聽得一聲："成仁大了，務必叫他到書房去。好好地栽培他，將來給你請封誥。"

他沒容婦人回答什麼，擔着破傘走了。

這一別四十多年，一點音信也沒有。女人的心現在如失寶重還，什麼音信、消息、兒子、媳婦，都不能動她的心了。她的愉快足能使她不病。

思敬於雲姑能起床時，就為她預備車輛，接她到別莊去。在那蟲聲高低，鹿跡零亂的竹林裡，這對老人起首過他們曾希望過的生活。雲姑呵責思敬說他總沒音信。思敬說："我並非不願給你知道我離鄉後的光景；不過那時，縱然給你知道了，也未必是你我兩人的利益，我想你有成仁，別後已是閑話滿嘴了；若是我回去，料想你必不輕易放我再出來。那時，若要進前，便是吃官司；要退後，那就不可設想了。

"自娶妻後，就把你忘了。我並不是真忘了你，為常記念你只能增我的憂悶，不如權當你不在了。又因我已娶妻。所以越不敢回去見你。"

　　說話時，遙見他兒子礦生的摩托車停在林外。他說：
"你從前遇見的‘成仁’來了。"

　　礦生進來，思敬命他叫雲姑為母親。又對雲姑說："他
不像你的成仁麼？"

　　"是呀，像得很！怪不得我看錯了。不過細看起來，成仁
比他老得多。"

　　"那是自然的，成仁長他十歲有餘咧。他現在不過三十四
歲。"

　　現在一提起成仁，她的心又不安了。她兩隻眼睛望空不歇
地轉。思敬勸說："反正我的兒子就是你的。成仁終歸是要找
着的，這事交給礦生辦去，我們且寬懷過我們的老日子罷。"

　　和他們同在的朱老先生聽了這話，在一邊狂笑，說：
"‘想不到你老人家的心還不會老！’現在是誰老了！"

　　思敬也笑說："我還是小叔呀。小叔和寡嫂同過日子也
是應該的。難道還送她到老人院去不成？"

　　三個老人在那裡賣老，礦生不好意思，借故說要給他們
辦筵席，乘着車進城去了。

　　壁上自鳴鐘叮噹響了幾下，雲姑像感得是滄海瞎先生敲
着報君知來告訴她說："現在你可什麼都找着了！這行人卦
得賞雙倍；我的小鉦還可以保全哪。"

　　那晚上的筵席，當然不是平常的筵席。

一九二四年

街頭巷尾之倫理

　　在這城市裡，雞聲早已斷絕，破曉的聲音，有時是駱駝底鈴鐺，有時是大車底輪子。那一早晨，胡同裡還沒有多少行人，道上底灰土蒙着一層青霜，騾車過處，便印上蹄痕和輪跡。那車上滿載着塊煤，若不是加上車夫底鞭子，合着小驢和大騾底力量，也不容易拉得動。有人說，做牲口也別做北方底牲口，一年有大半年吃的是乾草，沒有歇的時候，有一千斤的力量，主人最少總要它拉夠一千五百斤，稍一停頓，便連鞭帶罵。這城底人對於牲口好像還沒有想到有什麼道德的關係，沒有待遇牲口的法律，也沒有保護牲口的會社。騾子正在一步一步使勁拉那重載的煤車，不提防踩了一蹄柿子皮，把它滑倒，車夫不問情由揮起長鞭，沒頭沒臉地亂鞭，嘴裡不斷地罵它底娘，它底姊妹。在這一點上，車夫和他底牲口好像又有了人倫的關係。騾子喘了一會氣，也沒告饒，掙扎起來，前頭那匹小驢幫着它，把那車慢慢地拉出胡同口去。

　　在南口那邊站着一個巡警。他看是個“街知事”，然而除掉捐項，指揮汽車，和跟洋車夫搗麻煩以外，一概的事情都不知。市政府辦了乞丐收容所，可是那位巡警看見叫化子也沒請他到所裡去住。那一頭來了一個瞎子，一手扶着小木桿，一手提着破柳罐。他一步一步踱到巡警跟前，後面一輛汽車遠遠地響着喇叭，嚇得他急要躲避，不湊巧撞在巡警身上。

巡警罵他說：“你這東西又髒又瞎，汽車快來了，還不快往胡同裡躲！”幸而他沒把手裡那根“尚方警棍”加在瞎子頭上，只揮着棍子叫汽車開過去。

瞎子進了胡同口，沿着牆邊慢慢地走。那邊來了一群狗，大概是追母狗的。它們一面吠，一面咬，衝到瞎子這邊來。他底拐棍在無意中碰着一隻張牙裂嘴的公狗，被它在腿上咬了一口。他摩摩大腿，低聲罵了一句，又往前走。

“你這小子，可教我找着了。”從胡同底那邊迎面來了一個人，遠遠地向着瞎子這樣說。

那人底身材雖不很魁梧，可也比得胡同口“街知事”。據說他也是個老太爺身份，在家裡刨掉灶王爺，就數他大，因為他有很多下輩供養他。他住在鬼門關附近，有幾個子侄，還有兒媳婦和孫子。有一個兒子專在人馬雜沓的地方做扒手。有一個兒子專在娛樂場或戲院外頭假裝尋親不遇，求幫於人。一個兒媳婦帶着孫子在街上撿煤渣，有時也會利用孩子偷街上小攤底東西。這瞎子，他底侄兒，卻用“可憐我瞎子……”這套話來生利。他們照例都得把所得的財物奉給這位家長受用，若有怠慢，他便要和別人一樣，拿出一條倫常底大道理來譴責他們。

瞎子已經兩天沒回家了。他驀然聽見叔叔罵他的聲音，早已嚇得魂不附體。叔叔走過來，拉着他底胳臂，說：“你這小子，往哪裡跑？”瞎子還沒回答，他順手便給他一拳。

　　瞎子"喲"了一聲，哀求他叔叔説："叔叔別打，我昨天一天還沒吃的，要不着，不敢回家。"

　　叔叔也用了罵別人底媽媽和姊妹的話來罵他底侄子。他一面罵，一面打，把瞎子推倒，拳腳交加。瞎子正坐在方才教騾子滑倒的那幾個爛柿子皮的地方。破柳罐也摔了，掉出幾個銅元，和一塊乾麵包頭。

　　叔叔説："你還撒謊？這不是銅子？這不是饅頭？你有剩下的，還説昨天一天沒吃，真是該揍的東西。"他罵着，又連踢帶打了一會。

　　瞎子想是個忠厚人，也不會抵抗，只會求饒。

　　路東五號底門開了。一個中年的女人拿着藥罐子到街心，把藥渣子倒了。她想着叫往來的人把吃那藥的人底病帶走，好像只要她底病人好了，叫別人病了千萬個也不要緊。她提着藥罐，站在街門口看那人打他底瞎眼侄兒。

　　路西八號底門也開了。一個十三四歲的黃臉丫頭，提着髒水桶，望街上便潑。她潑完，也站在大門口瞧熱鬧。

　　路東九號出來幾個人，路西七號也出來幾個人，不一會，滿胡同兩邊都站着瞧熱鬧的人們。大概同情心不是先天的本能，若不然，他們當中怎麼沒有一個人走來把那人勸開？難道看那瞎子在地上呻吟，無力抵抗，和那叔叔兇狠惡煞的樣子，夠不上動他們底惻隱之心麼？

　　瞎子嚷着救命，至終沒人上前去救他。叔叔見有許多人在兩旁看他教訓着壞子弟，便乘機演説幾句。這是一個演説時代，所以"諸色人等"都能演説。叔叔把他底侄兒怎樣不孝順，得到錢自己花，有好東西自己吃的罪狀都佈露出來。他好像理會眾人以他所做的為合理，便又將侄兒惡打一頓。

瞎子底枯眼是沒有淚流出來的，只能從他底號聲理會他底痛楚。他一面告饒，一面伸手去摸他底拐棍。叔叔快把拐棍從地上撿起來，就用來打他。棍落在他底背上發出一種霍霍的聲音，顯得他全身都是骨頭。叔叔說：「好，你想逃？你逃到哪裡去？」說完，又使勁地打。

街坊也發議論了。有些說該打，有些說該死，有些說可憐，有些說可惡。可是誰也不願意管閑事，更不願意管別人底家事，所以只靜靜地站在一邊，像「觀禮」一樣。

叔叔打夠了，把地下兩個大銅子撿起來，問他：「你這些子兒都是從哪裡來的？還不說！」

瞎子那些銅子是剛在大街上要來的，但也不敢申辯，由着他叔叔拿走。

胡同口底大街上，忽然過了一大隊軍警。聽說早晨司令部要槍斃匪犯。胡同裡方才站着瞧熱鬧的人們，因此也衝到熱鬧的胡同去。他們看見大車上綁着的人。那人高聲演說，說他是真好漢，不怕打，不怕殺，更不怕那班臨陣扔槍的丘八。圍觀的人，也像開國民大會一樣，有喝彩的，也有拍手的。那人越發高興，唱幾句《失街亭》，說東道西，一任騾子慢慢地拉着他走。車過去了，還有很多人跟着，為的是要聽些新鮮的事情。文明程度越低的社會，對於遊街示眾、法場處死、家小拌嘴、怨敵打架等事情，都很感得興趣，總要在旁助威，像文明程度高的人們在戲院、講堂、體育場裡助

威和喝彩一樣。説"文明程度低"一定有人反對，不如説"古
風淳厚"較為堂皇些。

胡同裡底人，都到大街上看熱鬧去了。這裡，瞎子從地
下爬起來，全身都是傷痕。巡警走來説他一聲"活該"！

他沒説什麼。

那邊來了一個女人，戴着深藍眼鏡，穿着淡紅旗袍，頭
髮燙得像石獅子一樣。從跟隨在她後面那位抱着孩子的灰色
衣帽人看來，知道她是個軍人底眷屬。抱小孩的大兵，在地
下撿了一個大子。那原是方才從破柳罐裡摔出來的。他看見
瞎子坐在道邊呻吟，就把撿得的銅子扔給他。

"您積德修好喲！我給您磕頭啦！"是瞎子謝他的話。

他在這一個大子的恩惠以外，還把道上底一大塊麵包頭
踢到瞎子跟前，説："這地上有你吃的東西。"他頭也不回，
洋洋地隨着他底女司令走了。

瞎子在那裡摩着塊乾麵包，正拿在手裡，方才咬他的那
隻餓狗來到，又把它搶走了。

"街知事"站在他底崗位，望着他説："瞧，活該！"

一九三一年

歸　途

　　她坐在廳上一條板凳上頭，一手支頤，在那裡納悶。這是一家傭工介紹所。已經過了糖瓜祭灶的日子，所有候工的女人們都已回家了，唯獨她在介紹所裡借住了二十幾天，沒有人僱她，反欠下媒婆王姥姥十幾吊錢。姥姥從街上回來，她還坐在那裡，動也不動一下，好像不理會的樣子。

　　王姥姥走到廳上，把買來的年貨放在桌上，一面把她的圍脖取下來，然後坐下，喘幾口氣。她對那女人說："我說，大嫂，後天就是年初一，個人得打個人的主意了。你打算怎辦呢？你可不能在我這兒過年，我想你還是先回老家，等過了元宵再來罷。"

　　她驀然聽見王姥姥這些話，全身直像被冷水澆過一樣，話也說不出來。停了半晌，眼眶一紅，才說："我還該你的錢哪。我身邊一個大子也沒有，怎能回家呢？若不然，誰不想回家？我已經十一二年沒回家了。我出門的時候，我的大妞兒才五歲，這麼些年沒見面，她爹死，她也不知道，論理我早就該回家看看。無奈……"她的喉嚨受不了傷心的衝激，至終不能把她的話說完，只把淚和涕來補足她所要表示的意思。

　　王姥姥雖想攆她，只為十幾吊錢的債權關係，怕她一去不回頭，所以也不十分壓迫她。她到裡間，把身子倒在冷炕

79

上頭，繼續地流她的苦淚。淨哭是不成的，她總得想法子。她爬起來，在炕邊拿過小包袱來，打開，翻翻那幾件破衣服。在前幾年，當她隨着丈夫在河南一個地方的營盤當差的時候，也曾有過好幾件皮襖。自從編遣的命令一下，凡是受編遣的就得為他的職業拚命。她的丈夫在鄭州那一仗，也隨着那位總指揮亡於陣上。敗軍的眷屬在逃亡的時候自然不能多帶行李。她好容易把些少細軟帶在身邊，日子就靠着零當整賣這樣過去。現在她什麼都沒有了，只剩下當日丈夫所用的一把小手槍和兩顆槍子。許久她就想着把它賣出去，只是得不到相當的人來買。此外還有丈夫剩下的一陣軍裝大氅和一頂三塊瓦式的破皮帽。那大氅也就是她的被窩，在嚴寒時節，一刻也離不了它。她自然不敢教人看見她有一把小手槍，拿出來看一會，趕快地又藏在那件破大氅的口袋裡頭。小包袱裡只剩下幾件破衣服，賣也賣不得，吃也吃不得。她嘆了一聲，把它們包好，仍舊支着下巴頦納悶。

　　黃昏到了，她還坐在那冷屋裡頭。王姥姥正在明間做晚飯，忽然門外來了一個男人。看他穿的那件鑲紅邊的藍大褂，可以知道他是附近一所公寓的聽差。那人進了屋裡，對王姥姥說，"今晚九點左右去一個。"

　　"誰要呀？"王姥姥問。

　　"陳科長。"那人回答。

　　"那麼，還是找鶯喜去罷。"

　　"誰都成，可別誤了。"他說着，就出門去了。

　　她在屋裡聽見外邊要一個人，心裡暗喜說，天爺到底不絕人的生路，在這時期還留給她一個吃飯的機會。她走出來，對王姥姥說：「姥姥，讓我去罷。」

「你哪兒成呀？」王姥姥冷笑着回答她。

「為什麼不成呀？」

「你還不明白嗎？人家要上炕的。」

「怎樣上炕呢？」

「說是呢！你一點也不明白！」王姥姥笑着在她的耳邊如此如彼解釋了些話語，然後說：「你就要，也沒有好衣服穿呀。就是有好衣服穿，你也得想想你的年紀。」

她很失望地走回屋裡。拿起她那缺角的鏡子到窗邊自己照着。可不是！她的兩鬢已顯出很多白髮，不用說額上的皺紋，就是顴骨也突出來像懸崖一樣了。她不過是四十二、三歲人，在外面隨軍，被風霜磨盡她的容光；黑滑的鬆髻早已剪掉，剩下的只有滿頭短亂的頭髮。剪髮在這地方只是太太、少奶、小姐們的時裝，她雖然也當過使喚人的太太，只是要給人傭工，這樣的裝扮就很不合適。這也許是她找不着主的緣故罷。

王姥姥吃完晚飯就出門找人去了。姥姥那套咬耳朵的話倒啟示了她一個新意見。她拿着那條凍成一片薄板樣的布，到明間白爐子上坐着的那盆熱水燙了一下。她回到屋裡，把自己的臉勻勻地擦了一回，瘦臉果然白淨了許多。她打開炕邊一個小木匣，拿起一把缺齒的木梳，攏攏頭髮。粉也沒了，只剩下些少填滿了匣子的四個犄角。她拿出匣子裡的東西，用一根簪子把那些不很白的剩粉剔下來，倒在手上，然

後往臉上抹。果然還有三分姿色，她的心略為開了。她出門口去偷偷地把人家剛貼上的春聯撕了一塊，又到明間把燈罩積着的煤煙刮下來。她醮濕了紅紙來塗兩腮和嘴唇，用煤煙和着一些頭油把兩鬢和眼眉都塗黑了。這一來，已有了六七分姿色。心裡想着她滿可以做"上炕"的活。

王姥姥回來了。她趕緊迎出來，問她，她好看不好看。王姥姥大笑說："這不是老妖精出現麼！"

"難看麼？"

"難看倒不難看，可是我得找一個五六十歲的人來配你。哪兒找去？就使有老頭兒，多半也是要大姑娘的。我勸你死心罷，你就是倒下去，也沒人要。"

她很失望地又回到屋裡來，兩行熱淚直滾出來，滴在炕席上不久就凝結了。沒廉恥的事情，若不是為饑寒所迫，誰願意幹呢？若不是年紀大一點，她自然也會做那生殖機能的買賣。

她披着那件破大氅，躺在炕上，左思右想，總得不着一個解決的方法。夜長夢短，她只睜着眼睛等天亮。

二十九那天早晨，她也沒吃什麼，把她丈夫留下的那頂破皮帽戴上，又穿上那件大氅，乍一看來，可像一個中年男子。她對王姥姥說："無論如何，我今天總得想個法子得一點錢來還你。我還有一兩件東西可以當當，出去一下就回來。"王姥姥也沒盤問她要當的是什麼東西，就滿口答應了她。

她到大街上一間當舖去，問伙計說："我有一件軍裝，您櫃上當不當呀？"

"什麼軍裝？"

"新式的小手槍。"她說時從口袋裡掏出那把手槍來。掌櫃的看見她掏槍，嚇得趕緊望櫃下躲。她說："別怕，我是一個女人，這是我丈夫留下的，明天是年初一，我又等錢使，您就當周全我，當幾塊錢使使罷。"

伙計和掌櫃的看她並不像強盜，接過手槍來看看。他們在鐵檻裡唧唧咕咕地商議了一會。最後由掌櫃的把槍交回她，說："這東西櫃上可不敢當。現在四城的軍警查得嚴，萬一教他們知道了，我們還要擔干系。你拿回去罷。你拿着這個，可得小心。"掌櫃的是個好人，才肯這樣地告訴她，不然他早已按警鈴叫巡警了。無論她怎樣求，這買賣櫃上總不敢做。她沒奈何只得垂着頭出來。幸而她旁邊沒有暗探和別人，所以沒有人注意。

她從一條街走過一條街，進過好幾家當舖也沒有當成。她也有一點害怕了。一件危險的軍器藏在口袋裡，當又當不出去，萬一給人知道，可了不得。但是沒錢，怎好意思回到介紹所去見王姥姥呢？她一面走一面想，最後決心地說，不如先回家再說罷。她的村莊只離西直門四十里地，走路半天就可以到。她到西四牌樓，還進過一家當舖，還是當不出去，不由得帶着失望出了西直門。

她走到高亮橋上，站了一會。在北京，人都知道有兩道橋是窮人的去路，犯法的到天橋去，活膩了的到高亮橋來。那時正午剛過，天本來就陰暗，間中又飄了些雪花。橋底水

都凍了。在河當中，流水隱約地在薄冰底下流着。她想着，不站了罷，還是往前走好些。她有了主意，因為她想起那十二年未見面的大妞兒現在已到出門的時候了，不如回家替她找個主兒，一來得些財禮，二來也省得累贅。一身無掛礙，要往前走也方便些。自她丈夫被調到鄭州以後，兩年來就沒有信寄回鄉下。家裡的光景如何？女兒的前程怎樣？她自都不曉得。可是她自打定了回家嫁女兒的主意以後，好像前途上又為她露出一點光明，她於是帶着希望在向着家鄉的一條小路走着。

雪下大了。荒涼的小道上，只有她低着頭慢慢地走，心裡想着她的計劃。迎面來了一個青年婦人，好像是趕進城買年貨的，她戴着一頂寶藍色的帽子，帽上還安上一片孔雀翎；穿上一件桃色的長棉袍；腳的下穿着時式的紅繡鞋。這青年婦女從她身邊閃過去，招得她回頭直望着她。她心裡想，多麼漂亮的衣服呢，若是她的大妞兒有這樣一套衣服，那就是她的嫁妝了。然而她哪裡有錢去買這樣時樣的衣服呢？她心裡自己問着，眼睛直盯在那女人的身上。那女人已經離開她四五十步遠近，再拐一個彎就要看不見了。她看四圍一個人也沒有，想着不如搶了她的，帶回家給大妞兒做頭面。這個念頭一起來，使她不由回頭追上前去，用粗厲的聲音喝着："大姑娘，站住，你那件衣服借我使使罷。"那女人回頭看見她手裡拿着槍，恍惚是個軍人，早已害怕得話都説不出來；想要跑，腿又不聽使，她只得站住，問："你要什麼？"

「我什麼都不要。快把衣服，帽子，鞋，都脫下來。身上有錢都得交出來；手鐲，戒指，耳環，都得交我。不然，我就打死你。快快，你若是嚷出來，我可不饒你。」

那女人看見四圍一個人也沒有，嚷出來又怕那強盜真個把她打死，不得已便照她所要求的一樣一樣交出來。她把衣服和財物一起捲起來，取下大氅的腰帶束上，往北飛跑。

那女人所有的一切東西都給剝光了，身上只剩下一套單衣褲。她坐在樹根上直打抖擻，差不多過了二十分鐘才有一個騎驢的人從那道上經過。女人見有人來，這才嚷救命。驢兒停止了。那人下驢，看見她穿着一身單衣褲。問明因由，便仗着義氣說：「大嫂，你別傷心，我替你去把東西追回來。」他把自己披着的老羊皮筒脫下來扔給她，「你先披着這個罷，我騎着驢去追她，一會兒就回來。那兔強盜一定走得不很遠，我一會就回來，你放心吧。」他說着，鞭着小驢便往前跑。

她已經過了大鐘寺，氣喘喘地冒着雪在小道上竄。後面有人追來，直嚷：「站住，站住。」她回頭看看，理會是來追她的人，心裡想着不得了，非與他拚命不可。她於是拿出小手槍來，指着他說：「別來，看我打死你。」她實在也不曉得要怎辦，姑且把槍比仿着。驢上的人本來是趕腳的，他的年紀才二十一二歲，血氣正強，看見她拿出槍來，一點也不害怕，反說：「瞧你，我沒見過這麼小的槍。你是從市場裡的玩意舖買來瞎矇人，我才不怕哪。你快把人家的東西交給我罷；不然，我就把你捆上，送司令部，槍斃你。」

　　她聽着一面往後退，但驢上的人節節迫近前，她正在急的時候，手指一攀，無情的槍子正穿過那人的左胸，那人從驢背掉下來，一聲不響，軟軟地攤在地上。這是她第一次開槍，也沒瞄準，怎麼就打中了！她幾乎不信那驢夫是死了，她覺得那槍的響聲並不大，真像孩子們所玩的一樣，她慌得把槍扔在地上，急急地走進前，摸那驢夫胸口，"呀，了不得！"她驚慌地嚷出來，看着她的手滿都是血。

　　她用那驢夫衣角擦淨她的手，趕緊把驢拉過來，把剛才搶得的東西夾上驢背，使勁一鞭，又往北飛跑。

　　一刻鐘又過去了。這裡坐在樹底下披着老羊皮的少婦直等着那驢夫回來。一個剃頭匠挑着擔子來到跟前。他也是從城裡來，要回家過年去。一看見路邊坐着的那個女人，便問："你不是劉家的新娘子麼！怎麼大雪天坐在這裡？"女人對他說剛才在這裡遇着強盜，把那強盜穿的什麼衣服，什麼樣子，一一地告訴了他。她又告訴他本是要到新街口去買些年貨，身邊有五塊現洋，都給搶走了。

　　這剃頭匠本是她鄰村的人，知道她新近才做新娘子。她的婆婆欺負她外家沒人，過門不久便虐待她到不堪的地步。因為要過新年，才許她穿戴上那套做新娘時的衣帽；交給她五塊錢，教她進城買東西。她把錢丟了，自然交不了差，所以剃頭匠便也仗着義氣，允許上前追盜去。他說："你別着急，我去看看到底是怎麼一回事。"他說着，把擔放在女人身邊，飛跑着往北去了。

　　剃頭匠走到剛才驢夫喪命的地方，看見地下躺着一個人。他俯着身子，搖一搖那屍體，驚惶地嚷着：“打死人了！鬧人命了！”他還是往前追，從田間的便道上趕上來一個巡警。郊外的巡警本來就很少見，這一次可碰巧了。巡警下了斜坡，看見地下死一個人，心裡斷定是前頭跑着的那人幹的事。他於是大聲喝着：“站住，往哪裡跑呢，你？”

他驀然聽見有人在後面叫，回頭看是個巡警，就住了腳。巡警說：“你打死人，還往哪裡跑？”

“不是我打死的，我是追強盜的。”

“你就是強盜，還追誰呀？得，跟我到派出所回話去。”巡警要把他帶走。他多方地分辯也不能教巡警相信他。

他說：“南邊還有一個大嫂在樹底下等着呢，我是剃頭匠，我的擔子還撂在那裡呢，你不信，跟我去看看。”

巡警不同他去追賊，反把他攔住，說：“你別廢話啦，你就是現行犯，我親眼看着，你還賴什麼？跟我走吧。”他一定要把剃頭的帶走。剃頭匠便求他說，“難道我空手就能打死人嗎？您當官明理，也可以知道我不是兇手。我又不搶他的東西，我為什麼打死他呀？”

“哼，你空手？你不會把槍扔掉嗎？我知道你們有什麼冤仇呢？反正你得到所裡分會去。”巡警忽然看見離屍體不遠處有一把浮現在雪上的小手槍，於是進前去，用法繩把它拴起來，回頭向那人說：“這不就是你的槍嗎？還有什麼可說麼？”他不容分訴，便把剃頭匠帶往西去。

這搶東西的女人，騎在驢上飛跑着，不覺過了清華園三四里地。她想着後面一定會有人來追，於是下了驢，使勁給

它一鞭。空驢往北一直地跑，不一會就不見了。她抱着那卷贓物，上了斜坡，穿入那四圍滿是稠密的杉松的墓田裡。在墳堆後面歇着，她慢慢地打開那件桃色的長袍，看看那寶藍色孔雀翎帽，心裡想着若是給大妞兒穿上，必定是很時樣。她又拿起手鐲和戒指等物來看，雖是銀的，可是手工很好，決不是新打的。正在翻弄，忽然像感觸到什麼一樣，她盯着那銀鐲子，像是前見過的花樣。那不是她的嫁妝嗎？她越看越真，果然是她二十多年前出嫁時陪嫁的東西，因為那鐲上有一個記號是她從前做下的，但是怎麼流落在那女人手上呢？這個疑問很容易使她想那女人莫不就是她的女兒。那東西自來就放在家裡，當時隨丈夫出門的時候，婆婆不讓多帶東西，公公喜歡熱鬧，把大妞兒留在身邊。不到幾年兩位老親相繼去世。大妞兒由她的嬸嬸撫養着，總有五六年的光景。

她越回想越着急。莫不是就搶了自己的大妞兒？這事她必要根究到底。她想着若帶回家去，萬一就是她女兒的東西，那又多麼難為情。她本是為女兒才做這事來，自不能教女兒知道這段事情。想來想去，不如送回原來搶她的地方。

她又往南，緊緊地走。路上還是行人稀少，走到方才打死的驢夫那裡，她的心驚跳得很厲害，那時雪下得很大，幾乎把屍首掩沒了一半。她想萬一有人來，認得她，又怎辦呢？想到這裡，又要回頭往北走。躊躇了很久，至終把她那件男裝大氅和皮帽子脫下來一起扔掉，回復她本來的面目，帶着那些東西往南邁步。

　　她原是要把東西放在樹下過一夜，希望等到明天，能夠遇見原主回來，再假說是從地下撿起來的。不料她剛到樹下，就見那青年的婦人還躺在那裡，身邊放着一件老羊皮，和一挑剃頭擔子，她不明白是什麼意思，只想着這個可給她一個機會去認認那女人是不是她的大妞兒。她不顧一切把東西放在一邊，進前幾步，去搖那女人。那時天已經黑了，幸而雪光映着，還可以辨別遠近。她怎麼也不能把那女人搖醒，想着莫不是凍僵了？她撿起羊皮給她蓋上。當她的手摸到那女人的脖子底時候，觸着一樣東西，拿起來看，原來是一把剃刀。這可了不得，怎麼就抹着脖子啦！她抱着她的脖子也不顧得害怕，從雪光中看見那副清秀的臉龐，雖然認不得，可有七八分像她初嫁時的模樣。她想起大妞兒的左腳有個駢趾，於是把那屍體的襪子除掉，試摸着看。可不是！她放聲哭起來，“兒呀”，“命呀”，雜亂地喊着。人已死了，雖然夜裡沒有行人，也怕人聽見她哭，不由得把聲音止住。

　　東村稀落的爆竹斷續地響，把這除夕在淒涼的情境中送掉，無聲的銀雪還是飛滿天地，老不停止。

　　第二天就是元旦，巡警領着檢察官從北來。他們驗過驢夫的屍，帶着那剃頭的來到樹下。巡警在昨晚上就沒把剃頭匠放出來，也沒來過這裡，所以那女人用剃刀抹脖子的事情，他們都不知道。

　　他們到樹底下，看見剃頭擔子還放在那裡，已被雪埋了一二寸。那邊一個四十多歲的女人摟着那剃頭匠所説被劫的新娘子。雪幾乎把她們埋沒了。巡警進前搖她們，發現兩個

人的脖子上都有刀痕。在積雪底下搜出一把剃刀。新娘子的
桃色長袍仍舊穿得好好地；寶藍色孔雀翎帽仍舊戴着；紅繡
鞋仍舊穿着。在不遠地方的雪堆裡，撿出一頂破皮帽，一件
灰色的破大氅。一班在場的人們都莫明其妙，面面看相，靜
默了許久。

一九三一年

解放者

　　大碗居前的露店每坐滿了車夫和小販。尤其在早晚和晌午三個時辰，連窗戶外也沒有一個空座。紹慈也不短到那裡去。他注意個個往來的人，可是人都不注意他。在窗戶底下，他喝着豆粥抽着煙，眼睛不住地看着往來的行人，好像在偵察什麼案情一樣。

　　他原是武清的警察，因為辦事認真，局長把他薦到這城來試當一名便衣警察。看他清秀的面龐，合度的身材，和聽他溫雅的言辭，就知道他過去的身世。有人說他是世家子弟，因為某種事故，流落在北方，不得已才去當警察。站崗的生活，他已度過八九年，在這期間，把他本來的面目改變了不少。便衣警察是他的新任務，對於應做的偵察事情自然都要學習。

　　大碗居裡頭靠近窗戶的座，與外頭紹慈所佔的只隔一片紙窗。那裡對坐着男女二人，一面吃，一面談，幾乎忘記了他們在什麼地方。因為街道上沒有什麼新鮮的事情，紹慈就轉過來偷聽窗戶裡頭的談話。他聽見那男子說："世雄簡直沒當你是人。你原先為什麼跟他在一起？"那女子說："說來話長。我們是舊式婚姻，你不知道嗎？"他說："我一向不知道你們的事，只聽世雄說他見過你一件男子所送的東西，知道你曾有過愛人；但你始終沒說出是誰。"

　　這談話引起了紹慈的注意。從那二位的聲音聽來，他覺得像是在什麼地方曾經認識的人。他從紙上的小玻璃往裡偷看一下。原來那男子是離武清不遠一個小鎮的大悲院的住持契默和尚。那女子卻是縣立小學的教員。契默穿的是平常的藍布長袍；頭上沒戴什麼，雖露光頭，卻也顯不出是個出家人的模樣。大概他一進城便當還俗吧。那女教員頭上梳着琵琶頭，灰布袍子，雖不入時，倒還優雅。紹慈在縣城當差的時候常見着她，知道她的名字叫陳邦秀。她也常見紹慈在街上站崗，但沒有打過交涉，也不知道他的名字。

　　紹慈含着煙卷，聽他們說下去。只聽邦秀接着說："不錯，我是藏着些男子所給的東西，不過他不是我的愛人。"她說時，微嘆了一下，契默還往下問。她說："那人已經不在了。他是我小時候的朋友，不，寧可說是我的恩人。今天已經講開，我索性就把原委告訴你。"

　　"我原是一個孤女，原籍廣東，哪一縣可記不清了。在我七歲那年，被我的伯父賣給一個人家。女主人是個鴉片鬼，她睡的時候要我搥腿搔背，醒時又要我打煙泡，做點心，一不如意便是一頓毒打。那樣的生活過了三四年。我在那家，既不曉得尋死，也不能夠求生，真是痛苦極了。有一天，她又把我虐待到不堪的地步，幸虧前院同居有位方少爺，乘着她鴉片吸足在床上沉睡的時候，把我帶到他老師陳老師那裡。我們一直就到輪船上，因為那時陳老師正要上京當小京官。陳老師本來知道我的來歷，任從方少爺怎樣請求，他總覺得不妥當，不敢應許我跟着他走。幸而船上敲了鑼，送客

92

的人都紛紛下船，方少爺忙把一個小包遞給我，雜在人叢中下了船。陳老師不得已才把我留在船上，説到香港再打電報教人來帶我回去。一到香港就接到方家來電請陳老師收留我。

"陳老師、陳師母和我三個人到北京不久，就接到方老爺來信説加倍賠了人家的錢，還把我的身契寄了來。我感激到萬分，很盡心地伺候他們。他們倆年紀很大，還沒子女，覺得我很不錯，就把我的身契燒掉，認我做女兒。我進了幾年學堂，在家又有人教導，所以學業進步得很快。可惜我高小還沒畢業，武昌就起了革命。我們全家匆匆出京，回到廣東，知道那位方老爺在高州當知縣，因為辦事公正，當地的劣紳地痞很恨惡他。在革命風潮膨脹時，他們便樹起反正旗，借着撲殺滿州奴的名義，把方老爺當牛待遇，用繩穿着他的鼻子，身上掛着貪官污吏的罪狀，領着一家大小，遊遍滿城的街市，然後把他們害死。"

紹慈聽到這裡，眼眶一紅，不覺淚珠亂滴。他一向是很心慈，每聽見或看見可憐的事情，常要掉淚。他盡力約束他的情感，還鎮定地聽下去。

契默像沒理會那慘事，還接下去問："那方少爺也被害了麼？"

"他多半是死了。等到革命風潮稍微平定，我義父和我便去訪尋方家人的遺體，但都已被毀滅掉，只得折回省城。方少爺原先給我那包東西是幾件他穿過的衣服，預備給我在道上穿的。還有一個小繡花筆袋，帶着兩枝鉛筆。因為我小時

看見鉛筆每覺得很新鮮，所以他送給我玩。衣服我已穿破了，惟獨那筆袋和鉛筆還留着，那就是世雄所疑惑的‘愛人贈品’。

「我們住在廣州，義父沒事情做，義母在民國三年去世了。我那時在師範學校唸書。義父因為我已近成年，他自己也漸次老弱，急要給我擇婚。我當時雖不願意，只為厚恩在身，不便説出一個‘不’字。由於輾轉的介紹，世雄便成為我的未婚夫。那時他在陸軍學校，還沒有現在這樣荒唐，故此也沒覺得他的可惡。在師範學校的末一年，我義父也去世了。那時我感到人海茫茫，舉目無親，所以在畢業禮行過以後，隨着便行婚禮。」

「你們在初時一定過得很美滿了。」

「不過很短很短的時期，以後就越來越不成了。我對於他，他對於我，都是半斤八兩，一樣地互相敷衍。」

「那還成嗎？天天挨着這樣虛偽的生活。」

「他在軍隊裡，蠻性越發發展，有三言兩語不對勁，甚至動手動腳，打踢辱罵，無所不至。若不是因為還有更重大的事業沒辦完的原故，好幾次我真想要了結了我自己的生命。幸而他常在軍隊裡，回家的時候不多。但他一回家，我便知道又是打敗仗逃回來了。他一向沒打勝仗：打惠州，做了逃兵；打韶州，做了逃兵；打南雄，又做了逃兵。他是臨財無不得，臨功無不居，臨陣無不逃的武人。後來，人都知道他的技倆，軍官當不了，在家閒住着好些時候。那時我在黨裡已有些地位，他央求我介紹他，又很誠懇地要求同志們派他來做現在的事情。”

“看來他是一個投機家，對於現在的事業也未見得能忠實地做下去。”

“可不是嗎？只怪同志們都受他欺騙，把這麼重要的一個機關交在他手裡。我越來越覺得他靠不住，時常曉以大義。所以大吵大鬧的戲劇，一個月得演好幾回。”

那和尚沉吟了一會，才說：“我這才明白。可是你們倆不和，對於我們事業的前途，難免不會發生障礙。”

她說：“請你放心，他那一方面，我不敢保。我呢？私情是私情，公事是公事，決不像他那麼不負責任。”

紹慈聽到這裡，好像感觸了什麼，不知不覺間就站了起來。他本坐在長板凳的一頭，那一頭是另一個人坐着。站起來的時候，他忘記告訴那人預防着，猛然把那人摔倒在地上。他手拿着的茶杯也摔碎了，滿頭面都澆濕了。紹慈忙把那人扶起，賠了過失，張羅了一刻工夫。等到事情辦清以後，在大碗居裡頭談話的那兩人，已不知去向。

他雖然很着急，卻也無可奈何，仍舊坐下，從口袋裡取出那本用了二十多年的小冊子，寫了好些字在上頭。他那本小冊子實在不能叫做日記，只能叫做大事記。因為他有時距離好幾個月，也不寫一個字在上頭，有時一寫就是好幾頁。

在繁劇的公務中，紹慈又度過四五個星期的生活。他總沒忘掉那天在大碗居所聽見的事情，立定主意要去偵察一下。

那天一清早他便提着一個小包袱，向着沙鍋門那條路

走。他走到三里河，正遇着一群羊堵住去路，不由得站在一邊等着。羊群過去了一會，來了一個人，抱着一隻小羊羔，一面跑，一面罵前頭趕羊的伙計走得太快。紹慈想着那小羊羔必定是在道上新產生下來的。它的弱小可憐的聲音打動他的惻隱之心，便上前問那人賣不賣。那人因為他給的價很高，也就賣給他，但告訴他沒哺過乳的小東西是養不活的，最好是宰來吃。紹慈說他有主意，抱着小羊羔，僱着一輛洋車拉他到大街上，買了一個奶瓶，一個熱水壺，和一匣代乳粉。他在車上，心裡回憶幼年時代與所認識的那個女孩子玩着一對小兔，他曾說過小羊更好玩。假如現在能夠見着她，一同和小羊羔玩，那就快活極了。他很開心，走過好幾條街，小羊羔不斷地在懷裡叫，經過一家飯館，他進去找一個座坐下，要了一壺開水，把乳粉和好，慢慢地餵它。他自己也覺得有一點餓，便要了幾張餅。他正在等着，隨手取了一張前幾天的報紙來看。在一個不重要的篇幅上，登載着女教員陳邦秀被捕，同黨的領袖在逃的新聞。匆忙地吃了東西，他便出城去了。

他到城外，僱了一匹牲口，把包袱揹在背上，兩手抱着小羊羔，急急地走。在驢鳴犬吠中經過許多村落。他心裡一會驚疑陳邦秀所犯的案，那在逃的領袖到底是誰；一會又想起早間在城門洞所見那群羊被一隻老羊領導着到一條死路去；一會又回憶他的幼年生活。他聽人說過沙漬裡的狼群出來獵食的時候，常有一隻體力超群、經驗豐富的老狼領導着。為求食的原故，經驗少和體力弱的群狼自然得跟着它。

可見在生活中，都是依賴的份子，隨着一兩個領袖在那裡瞎跑，幸則生，不幸則死。生死多是不自立不自知的。狼的領袖是帶着群狼去搶掠；羊的領袖是領着群羊去送死。大概現在世間的領袖，總不能出乎這兩種以外吧！

不知不覺又到一條村外，紹慈下驢，進入柿子園裡。村道上那匹白驢昂着頭，好像望着那在長空變幻的薄雲，籬邊那隻黃狗閉着眼睛，好像品味着那在蔓草中哀鳴的小蟲。樹上的柿子映着晚霞，顯得格外燦爛。紹慈的叫驢自在地向那草原上去找它的糧食。他自己卻是一手抱着小羊羔，一手拿着乳瓶，在樹下坐着慢慢地餵。等到人畜的困乏都減輕了，他再騎上牲口離開那地方。頃刻間又走了十幾里路。那時夕陽還披在山頭，地上的人影卻長得比無常鬼更為可怕。

走到離縣城還有幾十里的那個小鎮，天已黑了。紹慈於是到他每常歇腳的大悲院去。大悲院原是鎮外一所私廟，不過好些年沒有和尚。到二三年前才有一位外來的和尚契默來做主持。那和尚的來歷很不清楚，戒牒上寫的是泉州開元寺，但他很不像是到過那城的人。紹慈原先不知道其中的情形，到早晨看見陳邦秀被捕的新聞，才懷疑契默也是個黨人。契默認識很多官廳的人員，紹慈也是其中之一，不過比較別人往來得親密一點。這大概是因為紹慈的知識很好，契默與他談得很相投，很希望引他為同志。

紹慈一進禪房，契默便迎出來，說：“紹先生，久違了。走路來的嗎？聽說您高升了。”他回答說：“我離開縣城已經半年了。現住在北京，沒有什麼事。”他把小羊羔放

在地下，對契默說：「這是早晨在道上買的。我不忍見它生下不久便做了人家的盤裡的餚饌，想養活它。」契默說：「您真心慈，您來當和尚倒很合式。」紹慈見羊羔在地下儘管咩咩地叫，話也談得不暢快，不得已又把它抱起來，放在懷裡。它也像嬰兒一樣，有人抱就不響了。

紹慈問：「這幾天有什麼新聞沒有？」

契默很鎮定地回答說：「沒有什麼。」

「沒有什麼！我早晨見一張舊報紙說什麼黨員運動起事，因洩漏了機關，被逮了好些人，其中還有一位陳邦秀教習。有這事嗎？」

「哦，您問的是政治。不錯，我也聽說來。聽說陳教習還押到縣衙門裡，其餘的人都已槍斃了。」他接着問，「大概您也是為這事來的吧？」

紹慈說：「不，我不是為公事，只是回來取些東西，在道上才知道這件事情。陳教習是個好人，我也認得她。」

契默聽見他說認識邦秀，便想利用他到縣裡去營救一下，可是不便說明，只說：「那陳教習的確是個好人。」

紹慈故意問：「師父，您怎樣認得她呢？」

「出家人哪一流的人不認得？小僧向她曾化過幾回緣。她很虔心，頭一次就題上二十元。以後進城去拜施主，小僧必要去見見她。」

「聽說她丈夫很不好，您去，不會叫他把您攆出來麼？」

「她的先生不常在家，小僧也不到她家去，只到學校去。」他於是信口開河，說：「現在她犯了案，小僧知道一定是受別人的拖累。若是有人替她出來找找門路，也許可以出來。"

"您想有什麼法子？"

"您明白，左不過是錢。"

"沒錢呢？"

"沒錢，勢力也成，面子也成。像您的面子就夠大的，要保，準可以把她保出來。"

紹慈沉吟了一會，便搖頭說："我的面子不成。官廳拿人，一向有老例——只有錯拿，沒有錯放。保也是白保。"

"您的心頂慈悲的。救人一命，勝造七級浮屠，一隻小羊羔您都搭救，何況是一個人？"

"有能救她的道兒，我自然得走。明天我一早進城去相機辦理吧。我今天走了一天，累得很，要早一點歇歇。"他說着，伸伸懶腰，打個哈欠，站立起來。

契默說："西院已有人住着，就請在這廂房湊合一晚吧。"

"隨便哪裡都成。明兒一早見。"紹慈說着抱住小羊羔便到指定給他的房間去。他把臥具安排停當，又拿出那本小冊子記上幾行。

夜深了，下弦的月已升到天中。紹慈躺在床上，斷續的夢屢在枕邊繞着。從西院送出不清晰的對談聲音，更使他不能安然睡去。

西院的客人中有一個說："原先議決的，是在這兩區先後舉行。世雄和那區的主任意見不對。他恐怕那邊先成功，於自己的地位有些妨礙，於是多方阻止他們。那邊也有許多人要當領袖，也怕他們的功勞被世雄埋沒了，於是相持了兩三個星期。前幾天，警察忽然把縣裡的機關包圍起來，搜出許多文件，逮了許多人。事前世雄已經知道。他不敢去把那些機要的文件收藏起來，由着幾位同志在那裡幹。他們正在毀滅文件的時候，人就來逮了。世雄的住所，警察也偵查出來了。當警察拍門的時候，世雄還沒逃走。你知道他房後本有一條可以容得一個人爬進去的陰溝，一直通到護城河去。他不教邦秀進去，因為她不能爬，身體又寬大。若是她也爬進去，溝口沒有人掩蓋，更容易被人發覺。假使不用掩蓋，那溝不但兩個人不能並爬，並且只能進前，不能退後。假如邦秀在前，那麼寬大的身子，到了半道若過不去，豈不要把兩個人都活埋在裡頭？若她在後，萬一爬得慢些，終要被人發現。所以世雄說，不如教邦秀裝做不相干的女人，大大方方出去開門。但是很不幸，她一開門，警察便擁進去，把她綁起來，問她世雄在什麼地方？她沒說出來。警察搜了一回，沒看出什麼痕跡，便把她帶走。”

“我很替世雄慚愧。堂堂的男子，大難臨頭還要一個弱女子替他。你知道他往哪裡去嗎？”這是契默的聲音。

那人回答說：“不知道。大概不會走遠了。也許過幾天會逃到這裡來。城裡這空氣已經不那麼緊張，所以他不致於再遇見什麼危險。不過邦秀每晚被提到衙門去受秘密的審問，聽說十個手指頭都已夾壞了。只怕她受不了，一起供出來，那時，連你也免不了。你得預備着。”

"我不怕。我信得過她決不會説出任何人。肉刑是她從小嚐慣的家常便飯。"

他們談到這裡，忽然記起廂房裡歇着一位警察，便止住了，契默走到紹慈窗下，叫"紹先生，紹先生"。紹慈想不回答，又怕他們懷疑，便低聲應了一下。契默説："他們在西院談話把您吵醒了吧？"

他回答説："不，當巡警的本來一叫便醒。天快亮了吧？"契默説："早着呢。您請睡吧，等到時候，再請您起來。"

他聽見那幾個人的腳音向屋裡去，不消説也是幸免的同志們。契默也自回到他的禪房去了。庭院的月光帶着一丫松影貼在紙窗上頭。紹慈在枕上，瞪着眼，耳鼓裡的音響，與荒草中的蟲聲混在一起。

第二天一早，契默便來央求紹慈到縣裡去，想法子把邦秀救出來。他掏出一疊鈔票遞給紹慈，説："請您把這二百元帶着，到衙門裡短不了使錢。這都是陳教習歷來的布施，現在我仍拿出來用回在她身上。"

紹慈知道那錢是要送他的意思，便鄭重地説："我一輩子沒使人家的黑錢，也不願意給人家黑錢使。為陳教習的事，萬一要錢，我也可以想法子，請您收回去吧。您不要疑惑我不幫忙，若是人家冤屈了她，就使丟了我的性命，我也要把她救出來。"

他整理了行裝，把小羊羔放在契默給他預備的一個筐子裡，便出了廟門。走不到十里路，經過一個長潭，岸邊的蘆花已經半白了。他沿着岸邊的小道走到一棵柳樹底下歇歇，把小羊羔放下，拿出手巾擦汗。在張望的時候，無意中看見岸邊的草叢裡有一個人躺着。他進前一看，原來就是邦秀。他叫了一聲："陳教習"。她沒答應。搖搖她，她才懶慵慵地睜開眼睛。她沒看出是誰，開口便說："我餓得很，走不動了。"話還沒有說完，眼睛早又閉起來了。紹慈見她的頭髮散披在地上，臉上一點血色也沒有。穿一件薄呢長袍，也是破爛不堪的，皮鞋上滿沾着泥土，手上的傷痕還沒結疤。那可憐的模樣，實在難以形容。

紹慈到樹下把水壺的塞子拔掉，和了一壺乳粉，端來灌在她口裡。過了兩三刻鐘，她的精神漸次恢復回來。在注目看着紹慈以後，她反驚慌起來。她不知道紹慈已經不是縣裡的警察，以為他是來捉拿她。心頭一急，站起來，蹕秧雞一樣，飛快地鑽進葦叢裡。紹慈見她這樣慌張，也急得在後面嚷着，"別怕，別怕。"她哪裡肯出來，越鑽越進去，連影兒也看不見了。紹慈發愣一會，才追進去，口裡嚷着"救人，救人！"這話在邦秀耳裡，便是"揪人，揪人！"她當然越發要藏得密些。

一會兒葦叢裡的喊聲也停住了。邦秀從那邊躲躲藏藏地蹕出來。當頭來了一個人，問她"方才喊救人的是您嗎？"她見是一個過路人，也就不害怕了。她說："我沒聽見。我在這裡頭解手來的。請問這裡離前頭鎮上還有多遠？"那人說："不遠了，還有七里多地。"她問了方向，道一聲"勞駕"，便急急邁步。那人還在那周圍找尋，沿着岸邊又找回去。

　　邦秀到大悲院門前，正趕上沒人在那裡，她怕廟裡有別人，便裝做叫化婆，嚷着"化一個啵"，契默認得她的聲音，趕緊出來，説："快進來，沒有人在裡頭。"她隨着契默到西院一間小屋子裡。契默説："你得改裝，不然逃不了。"他於是拿剃刀來把她的頭髮刮得光光的，為她穿上僧袍，儼然是一個出家人模樣。

　　契默問她出獄的因由，她説是與一群獄卒串通，在天快亮的時候，私自放她逃走。她隨着一幫趕集的人們急急出了城，向着大悲院這條路上一氣走了二十多里。好幾天挨餓受刑的人，自然當不起跋涉，到了一個潭邊，再也不能動彈了。她怕人認出來，就到葦子裡躲着歇歇，沒想到一躺下，就昏睡過去。又説，在道上遇見縣裡的警察來追，她認得其中一個是紹慈，於是拚命鑽進葦子裡，經過很久才逃脱出來。契默於是把早晨托紹慈到縣營救她的話告訴了一番，又教她歇歇，他去給她預備飯。

　　好幾點鐘在平靜的空氣中過去了。廟門口忽然來了一個人，提着一個筐子，上面有大悲院的記號，問當家和尚説："這筐子是你們這裡的嗎？"契默認得那是早晨給紹慈盛小羊羔的筐子，知道出了事，便説："是這裡的。早晨是紹老總借去使的。你在哪裡把它撿起來的呢？"那人説："他淹死啦！這是在柳樹底下撿的。我們也不知是誰，有人認得字，説是這裡的。你去看看吧，官免不了要驗，你總得去回話。"契默説："我自然得去看看。"他進去給邦秀説了，教她好

好藏着，便同那人走了。

過了四五點鐘的工夫，已是黃昏時候，契默才回來。西院裡昨晚談話的人們都已走了，只剩下邦秀一個人在那裡。契默一進來，對着她搖搖頭說："可惜，可惜！"邦秀問："怎麼樣了？"他說："你道紹慈那巡警是什麼人？他就是你的小朋友方少爺！"邦秀"呀"了一聲，站立起來。

契默從口袋掏出一本濕氣還沒去掉的小冊子，對她說："我先把情形說完，再唸這裡頭的話給你聽。他大概是怕你投水，所以向水濠走。他不提防在葦叢裡躋着一個深水坑，全身掉在裡頭翻不過身來，就淹死了。我到那裡，人們已經把他的屍身撈起來，可還放在原地。葦子裡沒有道，也沒有站的地方，所以沒有圍着看熱鬧的人，只有七八個人遠遠站着。我到屍體跟前，見這本日記露出來，取下來看了一兩頁。知道記的是你和他的事情，趁着沒有人看見，便放在口袋裡，等了許久，官還沒來。一會來了一個人說，驗官今天不來了，於是大家才散開。我在道上一面走，一面翻着看。"

他翻出一頁，指給邦秀說："你看，這段說他在革命時候怎樣逃命，和怎樣改的姓。"邦秀細細地看了一遍以後，他又翻過一頁來，說："這段說他上北方來找你沒找着。在流落到無可奈何的時候，才去當警察。"

她拿着那本日記細看了一遍，哭得一句話也說不出來，停了許久，才抽抽噎噎地對契默說："這都是想不到的事。在縣城裡，我幾乎天天見着他，只恨二年來沒有同他說過一句話，他從前給我的東西，這次也被沒收了。"

　　契默也很傷感，同情的淚不覺滴下來，他勉強地說：
"看開一點吧！這本就是他最後留給你的東西了。不，他還有
一隻小羊羔呢！"他才想起那隻可憐的小動物，也許還在長
潭邊的樹下，但也有被人拿去剝皮的可能。

一九三一年

春 桃

這年底夏天分外地熱。街上底燈雖然亮了，胡同口那賣酸梅湯的還像唱梨花鼓的姑娘耍着他的銅碗。一個揹着一大簍字紙的婦人從他面前走過，在破草帽底下雖看不清她底臉，當她與賣酸梅湯的打招呼時，卻可以理會她有滿口雪白的牙齒。她背上擔負得很重，甚至不能把腰挺直，只如駱駝一樣，莊嚴地一步一步踱到自己門口。

進門是個小院，婦人住的是塌剩下的兩間廂房。院子一大部分是瓦礫。在她底門前種着一棚黃瓜，幾行玉米。窗下還有十幾棵晚香玉。幾根朽壞的樑木橫在瓜棚底下，大概是她家最高貴的坐處。她一到門前，屋裡出來一個男子，忙幫着她卸下背上底重負。

"媳婦，今兒回來晚了。"

婦人望着他，像很詫異他底話。"什麼意思？你想媳婦想瘋啦？別叫我媳婦，我說。"她一面走進屋裡，把破草帽脫下，順手掛在門後，從水缸邊取了一個小竹筒向缸裡一連舀了好幾次，喝得換不過氣來，張了一會嘴，到瓜棚底下把簍子拖到一邊，便自坐在朽樑上。

那男子名叫劉向高。婦人底年紀也和他差不多，在三十左右，娘家也姓劉。除掉向高以外，沒人知道她底名字叫做春桃。街坊叫她做撿爛紙的劉大姑，因為她底職業是整天在街頭巷尾垃圾堆裡討生活，有時沿途嚷着"爛字紙換取燈兒"。一天到晚在烈日冷風裡吃塵土，可是生來愛乾淨，無論冬夏，每天回家，她總得淨身洗臉。替她預備水的照例是向高。

向高是個鄉間高小畢業生，四年前，鄉裡鬧兵災，全家逃散了，在道上遇見同是逃難的春桃，一同走了幾百里，彼此又分開了。

她隨着人到北京來，因為總布胡同裡一個西洋婦人要僱一個沒混過事的鄉下姑娘當"阿媽"，她便被薦去上工。主婦見她長得清秀，很喜愛她。她見主人老是吃牛肉，在饅頭上塗牛油，喝茶還要加牛奶，來去鼓着一陣臊味，聞不慣。有一天，主人叫她帶孩子到三貝子花園去，她理會主人家底氣味有點像從虎狼欄裡發出來的，心裡越發難過，不到兩個月，便辭了工。到平常人家去，鄉下人不慣當差，又挨不得罵，上工不久，又不幹了。在窮途上，她自己選了這撿爛紙換取燈兒的職業，一天的生活，勉強可以維持下去。

向高與春桃分別後的歷史倒很簡單，他到涿州去，找不着親人，有一兩個世交，聽他說是逃難來的，都不很願意留他住下，不得已又流到北京來。由別人底介紹，他認識胡同口那賣酸梅湯的老吳，老吳借他現在住的破院子住，說明有人來賃，他得另找地方。他沒事做，只幫着老吳算算賬，賣賣貨。他白住房子白做活，只賺兩頓吃。春桃底撿紙生活漸次發達了，原住的地方，人家不許她堆貨，她便沿着德勝門牆根來找住處。一敲門，正是認識的劉向高。她不用經過許多手續，便向老吳賃下這房子，也留向高住下，幫她底忙。這都是三年前的事了。他認得幾個字，在春桃撿來和換來的字紙裡，也會抽出些少比較能賣錢的東西，如畫片或某將軍、某總長寫的對聯、信札之類。二人合作，事業更有進步。向高有時也教她認幾個字，但沒有什麼功效，因為他自己認得的也不算多，解字就更難了。

他們同居這些年，生活狀態，若不配說像鴛鴦，便說像一對小家雀罷。

言歸正傳。春桃進屋裡，向高已提着一桶水在她後面跟着走。他用快活的聲調說："媳婦，快洗罷，我等餓了。今晚咱們吃點好的，烙葱花餅，贊成不贊成？若贊成，我就買葱醬去。"

"媳婦，媳婦，別這樣叫，成不成？"春桃不耐煩地說。

"你答應我一聲，明兒到天橋給你買一頂好帽子去。你不說帽子該換了麼？"向高再要求。

"我不愛聽。"

他知道婦人有點不高興了，便轉口問："到底吃什麼？說呀！"

"你愛吃什麼，做什麼給你吃。買去罷。"

向高買了幾根葱和一碗麻醬回來，放在明間底桌上。春桃擦過澡出來，手裡拿着一張紅帖子。

"這又是哪一位王爺底龍鳳帖！這次可別再給小市那老李了。托人拿到北京飯店去，可以多賣些錢。"

"那是咱們的。要不然，你就成了我底媳婦啦？教了你一兩年的字，連自己底姓名都認不得！」

「誰認得這麼些字？別媳婦媳婦的，我不愛聽。這是誰寫的？」

「我填的。早晨巡警來查戶口，說這兩天加緊戒嚴，哪家有多少人，都得照實報。老吳教我們把咱們寫成兩口子，省得麻煩。巡警也說寫同居人，一男一女，不妥當。我便把上次沒賣掉的那份空帖子填上了。我填的是辛未年咱們辦喜事。」

「什麼？辛未年？辛未年我哪兒認得你？你別搗亂啦。咱們沒拜過天地，沒喝過交杯酒，不算兩口子。」

春桃有點不願意，可還和平地說出來。她換了一條藍布褲。上身是白的，臉上雖沒脂粉，卻呈露着天然的秀麗。若她肯嫁的話，按媒人底行情，說是二十三四的小寡婦，最少還可以值得一百八十的。

她笑着把那禮帖搓成一長條，說：「別搗亂！什麼龍鳳帖？烙餅吃了罷。」她掀起爐蓋把紙條放進火裡，隨即到桌邊和麵。

向高說：「燒就燒罷，反正巡警已經記上咱們是兩口子；若是官府查起來，我不會說龍鳳帖在逃難時候丟掉的麼？從今兒起，我可要叫你做媳婦了。老吳承認，巡警也承認，你不願意，我也要叫。媳婦噯！媳婦噯！明天給你買帽子去，戒指我打不起。」

「你再這樣叫，我可要惱了。」

「看來，你還想着那李茂。」向高底神氣沒像方才那麼高

興。他自己説着，也不一定要春桃聽見，但她已聽見了。

　　"我想他？一夜夫妻，分散了四五年沒信，可不是白想？"春桃這樣説。她曾對向高説過她出閣那天底情形。花轎進了門，客人還沒坐席，前頭兩個村子來人説，大隊兵已經到了，四處拉人挖戰壕，嚇得大家都逃了，新夫婦也趕緊收拾東西，隨着大眾往西逃。同走了一天一宿。第二宿，前面連嚷幾聲"鬍子來了，快躲罷"，那時大家只顧躲，誰也顧不了誰。到天亮時，不見了十幾個人，連她丈夫李茂也在裡頭。她繼續方才的話説："我想他一定跟着鬍子走了，也許早被人打死了。得啦，別提他啦。"

　　她把餅烙好了，端到桌上。向高向沙鍋裡舀了一碗黃瓜湯，大家沒言語，吃了一頓。吃完，照例在瓜棚底下坐坐談談。一點點的星光在瓜葉當中閃着。涼風把螢火送到棚上，像星掉下來一般。晚香玉也漸次散出香氣來，壓住四圍底臭味。

　　"好香的晚香玉！"向高摘了一朵，插在春桃底鬢上。

　　"別糟蹋我底晚香玉。晚上戴花，又不是窰姐兒。"她取下來，聞了一聞，便放在朽楝上頭。

　　"怎麼今兒回來晚啦？"向高問。

　　"嚇！今兒做了一批好買賣！我下午正要回家，經過後門，瞧見清道夫推着一大車爛紙，問他從哪兒推來的；他説是從神武門甩出來的廢紙。我見裡面紅的、黃的一大堆，便問他賣不賣；他説，你要，少算一點裝去罷。你瞧！"她指着窗下那大簍，"我花了一塊錢，買那一大簍！賠不賠，可不曉得，明兒檢一檢得啦。”

“宮裡出來的東西沒個錯。我就怕學堂和洋行出來的東西，分量又重，氣味又壞，值錢不值，一點也沒準。”

“近年來，街上包東西都作興用洋報紙。不曉得哪裡來的那麼些看洋報紙的人。撿起來真是份量又重，又賣不出多少錢。”

“唸洋書的人越多，誰都想看看洋報，將來好混混洋事。”

“他們混洋事，咱們撿洋字紙。”

“往後恐怕什麼都要帶上個洋字，拉車要拉洋車，趕驢要趕洋驢，也許還有洋駱駝要來。”向高把春桃逗得笑起來了。

“你先別說別人。若是給你有錢，你也想唸洋書，娶個洋媳婦。”

“老天爺知道，我絕不會發財。發財也不會娶洋婆子。若是我有錢，回鄉下買幾畝田，咱們兩個種去。”

春桃自從逃難以來，把丈夫丟了，聽見鄉下兩字，總沒有好感想。她說：“你還想回去？恐怕田還沒買，連錢帶人都沒有了。沒飯吃，我也不回去。”

“我說回我們錦縣鄉下。”

“這年頭，哪一個鄉下都是一樣，不鬧兵，便鬧賊；不鬧賊，便鬧日本，誰敢回去？還是在這裡撿撿爛紙罷。咱們現在只缺一個幫忙的人。若是多個人在家替你歸着東西，你白天便可以出去擺地攤，省得貨過別人手裡，賣漏了。”

　　"我還得學三年徒弟才成，賣漏了，不怨別人，只怨自己
不夠眼光。這幾個月來我可學了不少。郵票，哪種值錢，哪
種不值，也差不多會瞧了。大人物底信札手筆，賣得出錢，
賣不出錢，也有一點把握了。前幾天在那堆字紙裡撿出一張
康有為底字，你說今天我賣了多少？"他很高興地伸出拇指
和食指比仿着，"八毛錢！"

　　"說是呢！若是每天在爛紙堆裡能撿出八毛錢就算頂不
錯，還用回鄉下種田去？那不是自找罪受麼？"春桃愉悅的
聲音就像春深的鶯啼一樣。她接着說："今天這堆準保有好
的給你撿。聽說明天還有好些，那人教我一早到後門等他。
這兩天宮裡底東西都趕着裝箱，往南方運，庫裡許多爛紙都
不要。我瞧見東華門外也有許多，一口袋一口袋陸續地扔出
來。明兒你也打聽去。"

　　說了許多話，不覺二更打過。她伸伸懶腰站起來說：
"今天累了，歇吧！"

　　向高跟着她進屋裡。窗戶下橫着土炕，夠兩三人睡的。
在微細的燈光底下，隱約看見牆上一邊貼着八仙打麻雀的諧
畫，一邊是煙公司"還是他好"的廣告畫。春桃底模樣，若
脫去破帽子，不用說到瑞蚨祥或別的上海成衣店，只到天橋
搜羅一身落伍的旗袍穿上，坐在任何草地，也與"還是他好"
裡那摩登女差不上下。因此，向高常對春桃說貼的是她底小
照。

　　她上了炕，把衣服脫光了，順手揪一張被單蓋着，躺在
一邊。向高照例是給她按按背，捶捶腿。她每天的疲勞就是

這樣含着一點微笑，在小油燈底閃爍中，漸次得着蘇息。在半睡的狀態中，她喃喃地說：「向哥，你也睡罷，別開夜工了，明天還要早起咧。」

婦人漸次發出一點微細的鼾聲，向高便把燈滅了。

一破曉，男女二人又像打食的老鴰，急飛出巢，各自辦各底事情去。

剛放過午炮，什剎海底鑼鼓已鬧得喧天。春桃從後門出來，揹着紙簍，向西不壓橋這邊來。在那臨時市場底路口，忽然聽見路邊有人叫她：「春桃，春桃！」

她底小名，就是向高一年之中也罕得這樣叫喚她一聲。自離開鄉下以後，四五年來沒人這樣叫過她。

「春桃，春桃，你不認得我啦？」

她不由得回頭一瞧，只見路邊坐着一個叫化子。那乞憐的聲音從他滿長了鬍子的嘴發出來。他站不起來，因為他兩條腿已經折了。身上穿的一件灰色的破軍衣，白鐵鈕扣都生了銹，肩膀從肩章底破縫露出，不倫不類的軍帽斜戴在頭上，帽章早已不見了。

春桃望着他一聲也不響。

「春桃，我是李茂呀！」

她進前兩步，那人底眼淚已帶着灰土透入蓬亂的鬍子裡。她心跳得慌，半晌說不出話來，至終說：「茂哥，你在這裡當叫化子啦？你兩條腿怎麼丟啦？」

「噯，說來話長。你從多嗒起在這裡呢？你賣的是什麼？」

"賣什麼！我撿爛紙咧。……咱們回家再説罷。"

她僱了一輛洋車，把李茂扶上去，把簍子也放在車上，自己在後面推着。一直來到德勝門牆根，車夫幫着她把李茂扶下來。進了胡同口，老吳敲着小銅碗。一面問："劉大姑，今兒早回家，買賣好呀？"

"來了鄉親啦。"她應酬了一句。

李茂像隻小狗熊，兩隻手按在地上，幫助兩條斷腿爬着。她從口袋裡拿出鑰匙，開了門，引着男子進去。她把向高底衣服取　舟山來，像向高向天所做的，到井邊打了兩桶水倒在小澡盆裡教男人洗澡。洗過以後，又倒一盆水給他洗臉。然後扶他上炕坐，自己在明間也洗一回。

"春桃，你這屋裡收拾得很乾淨，一個人住嗎？"

"還有一個伙計。"春桃不遲疑地回答他。

"做起買賣來啦？"

"不告訴你就是撿爛紙麼？"

"撿爛紙？一天撿得出多少錢？"

"先別盤問我，你先説你的罷。"

春桃把水潑掉，理着頭髮進屋裡來，坐在李茂對面。

李茂開始説他底故事：

"春桃，唉，説不盡喲！我就説個大概罷。"

"自從那晚上教鬍子綁去以後，因為不見了你，我恨他們，奪了他們一桿槍，打死他們兩個人，拚命地逃。逃到瀋陽，正巧邊防軍招兵，我便應了招。在營裡三年，老打聽家裡底消息，人來都説咱們村裡都變成磚瓦地了。咱們底地契

114

也不曉得現在落在誰手裡。咱們逃出來時，偏忘了帶着地契。因此這幾年也沒告假回鄉下瞧瞧。在營裡告假，怕連幾塊錢的餉也告丟了。

　　"我安份當兵，指望月月關餉，至於運到升官，本不敢盼。也是我命裡合該有事：去年年頭，那團長忽然下一道命令，說，若團裡底兵能瞄槍連中九次靶，每月要關雙餉，還升差事。一團人沒有一個中過四槍；中，還是不進紅心。我可連發連中，不但中了九次紅心，連剩下那一顆子彈，我也放了。我要顯本領，背着臉，彎着腰，腦袋向地，槍從褲襠放過去，不偏不歪，正中紅心。當時我心裡多麼快活呢。那團長教把我帶上去。我心裡想着總要聽幾句褒獎的話。不料那畜生翻了臉，楞說我是鬍子，要槍斃我！他說若不是鬍子，槍法決不會那麼準。我底排長、隊長都替我求情，擔保我不是壞人，好容易不槍斃我了，可是把我底正兵革掉，連副兵也不許我當。他說，當軍官的難免不得罪弟兄們，若是上前線督戰，隊裡有個像我瞄得那麼準，從後面來一槍，雖然也算陣亡，可值不得死在仇人手裡。大家沒話說，只勸我離開軍隊，找別的營生去。

　　"我被革了不久，日本人便佔了瀋陽；聽說那狗團長領着他底軍隊先投降去了。我聽見這事，憤不過，想法子要去找那奴才。我加入義勇軍，在海城附近打了幾個月，一面打，一面退到關裡。前個月在平谷東北邊打，我去放哨，遇見敵人，傷了我兩條腿。那時還能走，躲在一塊大石底下，開槍打死他幾個。我實在支持不住了，把槍扔掉，向田邊底小道爬，等了一天、兩天，還不見有紅十字會或紅卍字會底人來。傷口越腫越厲害，走不動又沒吃的喝的，只躺在一邊等死。後來可巧有一輛大車經過，趕車的把我扶了上去，送我到一個軍醫底帳幕。他們又不瞧，只把我扛上汽車，往後方醫院送。已經傷了三天，大夫解開一瞧，說都爛了，非用鋸不可。在院裡住了一個多月，好是好了，就丟了兩條腿。我想在此地舉目無親，鄉下又回不去；就說回去得了，沒有腿怎能種田？求醫院收容我，給我一點事情做，大夫說醫院管治不管留，也不管找事。此地又沒有殘廢兵留養院，逼着我不得不出來討飯，今天剛是第三天。這兩天我常想着，若是這樣下去，我可受不了，非上吊不可。"

春桃注神聽他說，眼眶不曉得什麼時候都濕了。她還是靜默着。李茂用手抹抹額上底汗，也歇了一會。

"春桃，你這幾年呢？這小小地方雖不如咱們鄉下那麼寬敞，看來你倒不十分苦。"

"誰不受苦？苦也得想法子活。在閻羅殿前，難道就瞧不見笑臉？這幾年來，我就是幹這撿爛紙換取燈的生活，還有一個姓劉的同我合伙。我們兩人，可以說不分彼此，勉強能度過日子。"

"你和那姓劉的同住在這屋裡？"

"是，我們同住在這炕上睡。"春桃一點也不遲疑，她好像早已有了成見。

"那麼，你已經嫁給他？"

"不，同住就是。"

"那麼，你現在還算是我底媳婦？"

"不，誰底媳婦，我都不是。"

李茂底夫權意識被激動了。他可想不出什麼話來說。兩眼注視着地上，當然他不是為看什麼，只為有點不敢望着他底媳婦。至終他沉吟了一句："這樣，人家會笑話我是個活王八。"

"王八？"婦人聽了他底話，有點翻臉，但她底態度仍是很和平。她接着說："有錢有勢的人才怕當王八。像你，誰認得？活不留名，死不留姓，王八不王八，有什麼相干？現在，我是我自己，我做的事，決不會玷着你。"

"咱們到底還是兩口子，常言道，一夜夫妻百日恩——"

"百日恩不百日恩我不知道。"春桃截住他底話，"算百日恩，也過了好十幾個百日恩。四五年間，彼此不知下落；我想你也想不到會在這裡遇見我。我一個人在這裡，得活，得人幫忙。我們同住了這些年，要說恩愛，自然是對你薄得多。今天我領你回來，是因為我爹同你爹的交情，我們還是鄉親。你若認我做媳婦，我不認你，打起官司，也未必是你贏。"

李茂掏掏他底褲帶，好像要拿什麼東西出來，但他底手忽然停住，眼睛望望春桃，至終把手縮回去撐着蓆子。

李茂沒話，春桃哭。日影在這當中也靜靜地移了三四分。

"好罷，春桃，你做主。你瞧我已經殘廢了，就使你願意跟我，我也養不活你。"李茂到底說出這英明的話。

「我不能因為你殘廢就不要你，不過我也捨不得丟了他。大家住着，誰也別想誰是養活着誰，好不好？」春桃也說了她心裡底話。

李茂底肚子發出很微細的咕嚕咕嚕聲音。

「噢，說了大半天，我還沒問你要吃什麼！你一定很餓了。」

「隨便罷，有什麼吃什麼。我昨天晚上到現在還沒吃，只喝水。」

「我買去。」春桃正踏出房門，向高從院外很高興地走進來，兩人在瓜棚底下撞了個滿懷。「高興什麼？今天怎樣這早就回來？」

「今天做了一批好買賣！昨天你揹回的那一簍，早晨我打開一看，裡頭有一包是明朝高麗王上底表章，一份至少可賣五十塊錢。現在我們手裡有十份！方才散了幾份給行裡，看看主兒出得多少，再發這幾份。裡頭還有兩張蓋上端明殿御寶的紙，行家說是宋家的，一給價就是六十塊，我沒敢賣，怕賣漏了，先帶回來給你開開眼。你瞧……」他說時，一面把手裡底舊藍布包袱打開，拿出表章和舊紙來。「這是端明殿御寶。」他指着紙上底印紋。

「若沒有這個印，我真看不出有什麼好處，洋宣比它還白咧。怎麼官裡管事的老爺們也和我一樣不懂眼？」春桃雖然看了，卻不曉得那紙底值錢處在哪裡。

「懂眼？若是他們懂眼，咱們還能換一塊幾毛麼？」向高把紙接過去，仍舊和表章包在包袱裡。他笑着對春桃說：

“我說，媳婦……”

　　春桃看了他一眼，說：“告訴你別管我叫媳婦。”

　　向高沒理會她，直說：“可巧你也早回家。買賣想是不錯。”

　　“早晨又買了像昨天那樣的一簍。”

　　“你不說還有許多麼？”

　　“都教他們送到曉市賣到鄉下包落花生去了！”

　　“不要緊，反正咱們今天開了光，頭一次做上三十塊錢的買賣。我說，咱們難得下午都在家，回頭咱們上十刹海逛逛，消消暑去，好不好？”

　　他進屋裡，把包袱放在桌上。春桃也跟進來。她說：“不成，今天來了人了。”說着掀開簾子，點頭招向高，“你進去。”

　　向高進去，她也跟着。“這是我原先的男人。”她對向高說過這話，又把他介紹給李茂說：“這是我現在的伙計。”

　　兩個男子，四隻眼睛對着，若是他們眼球底距離相等，他們底視線就會平行地接連着。彼此都沒話，連窗台上歇的兩隻蒼蠅也不做聲。這樣又教日影靜靜地移一二分。

　　“貴姓？”向高明知道，還得照例地問。

　　彼此談開了。

　　“我去買一點吃的。”春桃又向着向高說，“我想你也還沒吃罷？燒餅成不成？”

　　“我吃過了。你在家，我買去罷。”

　　婦人把向高拖到炕上坐下，說：“你在家陪客人談話。”

給了他一副笑臉，便自出去。

屋裡現在剩下兩個男人，在這樣情況底下，若不能一見如故，便得打個你死我活。好在他們是前者的情形。但我們別想李茂是短了兩條腿，不能打。我們得記住向高是拿過三五年筆桿的，用李茂底分量滿可以把他壓死。若是他有槍，更省事，一動指頭，向高便得過奈何橋。

李茂告訴向高，春桃底父親是個鄉下財主，有一頃田。他自己底父親就在他家做活和趕叫驢。因為他能瞄很準的槍，她父親怕他當兵去，便把女兒許給他，為的是要他保護莊裡底人們。這些話，是春桃沒向他說過的。他又把方才春桃說的話再述一遍，漸次迫到他們二人切身的問題上頭。

「你們夫婦團圓，我當然得走開。」向高在不願意的情態底下說出這話。

「不，我已經離開她很久，現在並且殘廢了，養不活她，也是白搭。你們同住這些年，何必拆？我可以到殘廢院去。聽說這裡有，有人情便可進去。」

這給向高很大的詫異。他想，李茂雖然是個大兵，卻料不到他有這樣的俠氣。他心裡雖然願意，嘴上還不得不讓。這是禮儀底狡猾，唸過書的人們都懂得。

「那可沒有這樣的道理。」向高說：「教我冒一個霸佔人家妻子的罪名，我可不願意。為你想，你也不願意你妻子跟別人住。」

「我寫一張休書給她，或寫一張契給你，兩樣都成。」李茂微笑誠意地說。

「休？她沒什麼錯，休不得。我不願意丟她底臉。賣？我哪兒有錢買？我底錢都是她的。」

「我不要錢。」

「那麼，你要什麼？」

「我什麼都不要。」

「那又何必寫賣契呢？」

「因為口講無憑，日後反悔，倒不好了。咱們先小人，後君子。」

說到這裡，春桃買了燒餅回來。她見二人談得很投機，心下十分快樂。

「近來我常想着得多找一個人來幫忙，可巧茂哥來了。他不能走動，正好在家管管事，撿撿紙。你當跑外賣貨。我還是當撿貨的。咱們三人開公司。」春桃另有主意。

李茂讓也不讓，拿着燒餅往嘴送，像從餓鬼世界出來的一樣，他沒工夫說話了。

「兩個男子，一個女人，開公司？本錢是你的？」向高發出不需要的疑問。

「你不願意嗎？」婦人問。

「不，不，不，我沒有什麼意思。」向高心裡有話，可說不出來。

「我能做什麼？整天坐在家裡，幹得了什麼事？」李茂也有點不敢贊成。他理會向高底意思。

「你們都不用着急，我有主意。」

向高聽了，伸出舌頭舐舐嘴唇，還吞了一口唾沫。李茂

依然吃着，他底眼睛可在望春桃，等着聽她底主意。

撿爛紙大概是女性中心底一種事業。她心中已經派定李茂在家把舊郵票和紙煙盒裡底畫片撿出來。那事情，只要有手有眼，便可以做。她合一合，若是天天有一百幾十張卷煙畫片可以從爛紙堆裡撿出來，李茂每月的伙食便有了門。郵票好的和罕見的，每天能撿得兩三個，也就不劣。外國煙捲在這城裡，一天總銷售一萬包左右，紙包的百分之一給她撿回來，並不算難。至於向高還是讓他撿名人書札，或比較可以多賣錢的東西，他不用說已經是個行家，不必再受指導。她自己幹那吃力的工作，除去下大雨以外，在狂風烈日底下，是一樣地出去撿貨。尤其是在天氣不好的時候，她更要工作，因為同業們有些就不出去。

她從窗戶望望太陽，知道還沒到兩點，便出到明間，把破草帽仍舊戴上，探頭進房裡對向高說："我還得去打聽宮裡還有東西出來沒有。你在家招呼他。晚上回來，我們再商量。"

向高留她不住，便由她走了。

好幾天的光陰都在靜默中度過。但二男一女同睡一鋪炕上定然不很順心。多夫制底社會到底不能夠流行得很廣。其中的一個緣故是一般人還不能擺脫原始的夫權和父權思想。由這個，造成了風俗習慣和道德觀念。老實說，在社會裡，依賴人和掠奪人的，才會遵守所謂風俗習慣；至於依自己底能力而生活的人們，心目中並不很看重這些。像春桃，她既不是夫人，也不是小姐；她不會到外交大樓去赴跳舞會，也沒有機會在隆重的典禮上當主角。她底行為，沒人批評，也沒人過問；縱然有，也沒有切膚之痛。監督她的只有巡警，但巡警是很容易對付的。兩個男人呢，向高誠然唸過一點書，含糊地了解些聖人底道理，除掉些少名份底觀念以外，他也和春桃一樣。但他底生活，從同居以後，完全靠着春桃。春桃底話，是從他耳朵進去的維他命，他得聽，因為於他有利。春桃教他不要嫉妒，他連嫉妒底種子也都毀掉。李茂呢，春桃和向高能容他住一天便住一天，他們若肯認他做親戚，他便滿足了。當兵的人照例要丟一兩個妻子。但他底困難也是名份上的。

向高底嫉妒雖然沒有，可是在此以外的種種不安，常往來於這兩個男子當中。

暑氣仍沒減少，春桃和向高不是到湯山或北戴河去的人物。他們日間仍然得出去謀生活。李茂在家，對於這行事業可算剛上了道，他已能分別哪一種是要送到萬柳堂或天寧寺去做糙紙的，哪一樣要留起來的，還得等向高回來鑒定。

春桃回家，照例還是向高侍候她。那時已經很晚了，她在明間裡聞見蚊煙底氣味，便向着坐在瓜棚底下的向高說："咱們多會點過蚊煙，不留神，不把房子點着了才怪咧。"

向高還沒回答，李茂便說："那不是熏蚊子，是熏穢氣，我央劉大哥點的。我打算在外面地下睡。屋裡太熱，三人睡，實在不舒服。"

"我說，桌上這張紅帖子又是誰底？"春桃拿起來看。

"我們今天說好了，你歸劉大哥。那是我立給他的契。"

聲從屋裡底炕上發出來。

"哦，你們商量着怎樣處置我來！可是我不能由你們派。"她把紅帖子拿進屋裡，問李茂，"這是你底主意，還是他底？"

"是我們倆底主意。要不然，我難過，他也難過。"

"說來說去，還是那話。你們都別想着咱們是丈夫和媳婦，成不成？"

她把紅帖子撕得粉碎，氣有點粗。

"你把我賣多少錢？"

"寫幾十塊錢做個彩頭。白送媳婦給人，沒出息。"

"賣媳婦，就有出息？"她出來對向高說："你現在有錢，可以買媳婦了。若是給你鬧一點……"

"別這樣說，別這樣說。"向高攔住她底話，"春桃，你不明白。這兩天，同行底人們直笑話我。……"

"笑你什麼？"

"笑我……"向高又說不出來。其實他沒有很大的成見，春桃要怎辦，十回有九回是遵從的。他自己也不明白這是什麼力量。在她背後，他想着這樣該做，那樣得照他底意思辦；可是一見了她，就像見了西太后似地，樣樣都要聽她底懿旨。

"噢，你到底是唸過兩天書，怕人罵，怕人笑話。"

自古以來，真正統治民眾的並不是聖人底教訓，好像只是打人的鞭子和罵人的舌頭。風俗習慣是靠着打罵維持的。但在春桃心裡，像已持着"人打還打，人罵還罵"的態度。

她不是個弱者，不打罵人，也不受人打罵。我們聽她教訓向高的話，便可以知道。

「若是人笑話你，你不會揍他？你露什麼怯？咱們底事，誰也管不了。」

向高沒話。

「以後不要再提這事罷。咱們三人就這樣活下去，不好嗎？」

一屋裡都靜了。吃過晚飯，向高和春桃仍是坐在瓜棚底下，只不像往日那麼愛說話。連買賣經也不唸了。

李茂叫春桃到屋裡，勸她歸給向高。他說男人底心，她不知道，誰也不願意當王八；佔人妻子，也不是好名譽。他從腰間拿出一張已經變成暗褐色的紅紙帖，交給春桃，說：「這是咱們底龍鳳帖。那晚上逃出來的時候，我從神龕上取下來，揣在懷裡。現在你可以拿去，就算咱們不是兩口子。」

春桃接過那紅帖子，一言不發，只注視着炕上破蓆。她不由自主地坐下，挨近那殘廢的人，說：「茂哥，我不能要這個，你收回去罷。我還是你底媳婦。一夜夫妻百日恩，我不做缺德的事。今天看你走不動，不能幹大活，我就不要你，我還能算人嗎？」

她把紅帖也放在炕上。

李茂聽了她底話，心裡很受感動。他低聲對春桃說：「我瞧你怪喜歡他的，你還是跟他過日子好。等有點錢，可以打發我回鄉下，或送我到殘廢院去。」

「不瞞你說，」春桃底聲音低下去，「這幾年我和他就同

兩口子一樣活着，樣樣順心，事事如意；要他走，也怪捨不
得。不如叫他進來商量，瞧他有什麼主意。”她向着窗戶
叫，“向哥，向哥！”可是一點回音也沒有。出來一瞧，向
哥已不在了。這是他第一次晚間出門。她楞一會，便向屋裡
說：“我找他去。”

她料想向高不會到別的地方去。到胡同口，問問老吳。
老吳說往大街那邊去了。她到他常交易的地方去，都沒找
着。人很容易丟失，眼睛若見不到，就是渺渺茫茫無尋覓
處。快到一點鐘，她才懊喪地回家。

屋裡底油燈已經滅了。

“你睡着啦？向哥回來沒有？”她進屋裡，掏出洋火，把
燈點着，向炕上一望，只見李茂把自己掛在窗櫺上，用的是
他自己底褲帶。她心裡雖免不了存着女性底恐慌，但是還有
膽量緊爬上去，把他解下來。幸而時間不久，用不着驚動別
人，輕輕地撫揉着他，他漸次甦醒回來。

殺自己底身來成就別人是俠士底精神。若是李茂底兩條
腿還存在，他也不必出這樣的手段。兩三天以來，他總覺得
自己沒多少希望，倒不如毀滅自己，教春桃好好地活着。春
桃於他雖沒有愛，卻很有義。她用許多話安慰他，一直到天
亮，他睡着了，春桃下炕，見地上一些紙灰，還剩下沒燒完
的紅紙。她認得是李茂曾給她的那張龍鳳帖，直望着出神。

那天她沒出門。晚上還陪李茂坐在炕上。

“你哭什麼？”春桃見李茂熱淚滾滾地滴下來，便這樣問
他。

“我對不起你。我來幹什麼？”

“沒人怨你來。”

“現在他走了，我又短了兩條腿。……”

“你別這樣想。我想他會回來。”

“我盼望他會回來。”

又是一天過去了。春桃起來，到瓜棚摘了兩條黃瓜做菜，草草地烙了一張大餅，端到屋裡，兩個人同吃。

她仍舊把破帽戴着，揹上簍子。

“你今天不大高興，別出去啦！”李茂隔着窗戶對她說。

“坐在家裡更悶得慌。”

她慢慢地蹀出門。作活是她底天性，雖在沉悶的心境中，她也要幹。中國女人好像只理會生活，而不理會愛情，生活底發展是她所注意的，愛情底發展只在盲悶的心境中沸動而已。自然，愛只是感覺，而生活是實質的，整天躺在錦帳裡或坐在幽林中講愛經，也是從皇后船或總統船運來的知識。春桃既不是弄潮兒底姊妹，也不是碧眼胡底學生，她不懂得，只會莫名其妙地納悶。

一條胡同過了又是一條胡同。無量的塵土，無盡的道路，湧着這沉悶的婦人。她有時嚷“爛紙換洋取燈兒”，有時連路邊一堆不用換的舊報紙，她都不撿。有時該給人兩盒取燈，她卻給了五盒。胡亂地過了一天，她便隨着天上那班只會嚷嚷和搶吃的黑衣黨慢慢地蹀回家。仰頭看見新貼上的戶口照，寫的戶主是劉向高妻劉氏，使她心裡更悶得厲害。

剛踏進院子，向高從屋裡趕出來。

　　她瞪着眼，只說：“你回來……”其餘的話用眼淚連續下去。

　　“我不能離開你，我底事情都是你成全的。我知道你要我幫忙。我不能無情無義。”其實他這兩天在道上漫散地走，不曉得要往哪裡去。走路的時候，直像腳上扣着一條很重的鐵鐐，那一面是扣在春桃手上一樣。加以到處都遇見“還是他好”的廣告，心情更受着不斷的攪動，甚至餓了他也不知道。

　　“我已經問問明說好了。他是戶主，我是同居。”

　　向高照舊幫她卸下簍子。一面替她抹掉臉上底眼淚。他說：“若是回到鄉下，他是戶主，我是同居。你是咱們底媳婦。”

　　她沒有做聲，直進屋裡，脫下衣帽，行她每日的洗禮。

　　買賣經又開始在瓜棚底下唸開了。他們商量把宮裡那批字紙賣掉以後，向高便可以在市場裡擺一個小攤，或者可以搬到一間大一點點的房子去住。

　　屋裡，豆大的燈火，教從瓜棚飛進去的一隻油葫蘆撲滅了。李茂早已睡熟，因為銀河已經低了。

　　“咱們也睡罷。”婦人說。

　　“你先躺去，一會我給你捶腿。”

　　“不用啦，今天我沒走多少路。明兒早起，記得做那批買賣去，咱們有好幾天不開張了。”

　　“方才我忘了拿給你。今天回家，見你還沒回來，我特意到天橋去給你帶一頂八成新的帽子回來。你瞧瞧！”他在暗裡摸着那帽子，要遞給她。

　　“現在哪裡瞧得見！明天我戴上就是。”

　　院子都靜了，只剩下晚香玉底香還在空氣中遊蕩。屋裡微微地可以聽見“媳婦”和“我不愛聽，我不是你底媳婦”等對答。

　　　　　　　　　　　　（原載一九三四年《文學》三卷一號）

玉 官

一

　　想起來直像是昨天的事情，可是前前後後已經相隔幾十年。

　　那時正鬧着中東戰爭，國人與兵士多半是鴉片抽得不像人形，也不像鬼樣。就是那不抽煙的，也麻木得像土俑一般。槍炮軍艦都如明器，中看不中用。雖然打敗仗，許多人並沒有把它當做一件大事。也沒感到何等困苦。不過有許多人是直接受了損害的，玉官的丈夫便是其中的一個。他在一艘戰艦上當水兵，開火不到一點鐘的時間便陣亡了。玉官那時在閩南本籍的一個縣城，身邊並沒有積蓄，丈夫留給她的，只是一間比街頭土地廟稍微大一點的房子和一個不滿兩歲的男孩。她不過是二十一歲，如果願意再醮，還可以來得及。但是她想：帶油瓶諸多不便，倒不如依老習慣撫孤成人，將來若是孩子得到一官半職，給她請個封誥，表個貞節，也就不枉活了一生。

　　自從立定了主意以後，玉官的家門是常常關着。她每日只在屋裡做一些荷包煙袋之類，送到蘇杭舖去換點錢。親戚朋友本來就很少，要從他們得着什麼資助是絕不可能的，她所得的工資只夠衣食之費，想送孩子到學塾去，不說書籍、紙筆費沒着落，連最重要的老師束修，一年一千文制錢，都沒法應付。房子是不能賣的，就使能賣，最多也不過十幾二十兩銀子。她丈夫有個叔伯弟弟，年紀比她大，時常來看她。他很殷勤，每一來到，便要求把哥哥的靈柩從威海衛運回來。其實，他哥哥有沒有屍身還成問題，他的要求只是逼嫂嫂把房子或侄兒賣掉的一種手段。他更大的野心，便是勸嫂嫂嫁了，他更可以沾着許多利益。玉官已覺得叔叔是欺負她，不過面子上不能説穿了，每次來，只得敷衍他。

叔叔的名字在城裡是沒人注意的。他雖然進過兩年鄉塾，有名有字，但因為功課不好，被逐出學，所以認得他的人還是叫他的小名"糞掃"。他見玉官屢次都是推諉，心還不死。一天，在見面的時候，他竟然對嫂嫂説，你這麼年輕，孩子命又脆，若過幾年有什麼山高水低，把你的青春耽誤了，豈不要後悔一輩子？他又説沒錢讀書，怎能有機會得到功名？縱使有學費，也未必能夠入學中舉。縱然入學中舉，他不一定能得一官半職，也不一定能夠享到他的福。種種説話，無非是勸她服從目前的命運。萬般計劃，無非是勸她自己找個吃飯的地方。這在玉官方面，當然是叔叔給她的咒詛，每一説到，就不免罵了幾聲"黑心肚的路旁屍"。可是也沒奈他何。

因為糞掃來騷擾，玉官待要到縣裡去存個案底，又想到她自己，一個年輕寡婦，在衙門口出頭露面，總是不很妥當。況且糞掃所要求運柩的事也不見得完全是沒理由。她想丈夫停靈在外本不合適，本得想法子，可是她十指纖纖，能

辦得什麼事？房子不能賣出，兒子不能給人，自己不願改
嫁。她並不去問丈夫的靈柩到底有沒有，她想就是剩下衣冠
也得運回來安葬。她恨不得把她的兒子，她的唯一的希望，
快快地長大成人，來替她做這些事情。為避免叔叔的麻煩，
她有時也想離開本鄉，把兒子帶到天涯無藤葛處，但這不過
也是空想。第一，她沒有資財，轉動不了；第二，她不認識
字，自己不能做兒子的導師；第三，離鄉別井，到一個人地
俱疏的地方，也不免會受人欺負；第四，……還有說不盡的
理由縈迴在她心裡。到底還是關起大門，過着螺介式生活，
人不惹她時，不妨開門探頭；人惹她時，立刻關門退步。這
樣是再安全不過的了。她為運靈的事，常常關在屋裡痛哭，
有時點起香燭在廳上丈夫的靈位前祈禱，許願。

雖然關着門，糞掃仍是常常來。這教玉官的螺介政策不
能實施。他一來到，不開門是不行的，但寡婦的家豈能容男
子常來探訪！縱然兩方是清白的親屬關係，在這容易發惡酵
的社會裡，無論如何，總免不掉街頭坊尾的瑣語煩言。玉官
早已想到這一層，《周禮》她雖然沒考究過，但從姑婆、舅
公一輩的人物的家教傳下來"男女授受不親"、"叔嫂不通
問"一類的法寶，有時也可以祭起來。不過這些法寶是不很
靈的，因為她所處的不是士大夫的環境。不但如此，糞掃知
道她害怕，越發天天來麻煩她。人們也真個把他們當做話
柄，到處都可以聽見關於他們的事情的街談巷議。

同街住着一個"拜上帝"的女人名叫金杏，人家稱她做
杏官。她丈夫姓陳，幾個月前，因為把妻家的人打傷了，官

府要拿人，便不知去向。事情的起因，是杏官被她的侄兒引領入教，回到家裡，不由分說把家裡的神像、神主破個乾淨。丈夫氣不過，便到妻家理論，千不該把內侄打個半死。這事由教會洋牧師出頭，非要知縣拿人來嚴辦一下不可。因為人逃了，這案至終在懸着。

　　杏官在街坊上很有點洋勢力，誰也不敢惹她。但知道她的都不很看得起她，背地裡都管她叫連累丈夫的"吃教婆"。她侄兒原先在教會的醫院當藥劑師。人們沒有一個不當他是個配迷魂藥、引人破神主、毀神像的老手。杏官自從被他引領入了教，便成為一個很熱心的信徒，到處對人宣講。但她並不是職業的傳教士，她的生活是靠着在一個通商口岸的一家西藥房的股息來維持，一年可以支三百塊錢左右。她原來住在別的地方，新近才搬到玉官隔鄰幾家來住。一家只有三口，她和兩個女兒雅麗、雅言。雅麗是兩歲多，雅言才幾個月。玉官在她搬來的時候便認識她，不過沒有什麼來往。近來因為受不了叔叔的壓迫，常常倒扣上家門，攜着一天的糧食和小兒到杏官家去躲避。杏官也很寂寞，所以很歡迎她來做伴。

　　杏官家裡的陳設雖然不多，卻是十分乾淨。房子是一廳兩房的結構。中廳懸着一幅"天路歷程圖"，桌上放着一本很厚的金邊黑羊皮《新舊約全書》，金邊多已變成紅褐色，書皮的光澤也沒有了，書角的殘摺紋和書裡夾的紙片，都指示着主人沒一天不把它翻閱幾次。廳邊放着一張小風琴，她每天也短不了按幾次，和着她口裡唱的讚美詩歌。這些生活，都是玉官以前沒曾見過的，她自從螺介式生活變為早出晚歸的飛鳥式生活以來，心境比較舒坦得多。在陳家寄托，使她理會吃教的人也和常人一樣和藹可親，甚且能夠安慰人。她免不了問杏官所信的都是什麼。她心裡總不明白杏官告訴她凡人都有罪，都當懺悔和重生的道理；自認為罪人，可笑；無代價地要一個非親非故來替死，可笑；人和萬物都是上帝的手捏出來的，也可笑；處女單獨懷孕，誰見過？更可笑。她笑是心裡笑，可不敢露在臉上，因為她不能與杏官辯論，也想不出什麼理由來說她不對。杏官不在跟前的時候，她偷偷地掀開那本經書看看，可惜都是洋字，一點也看不懂。她心裡想，杏官平時沒聽她說過洋話，怎麼能唸洋書？這不由得她不問。杏官告訴她那是"白話字"，三天包會讀，七天準能寫，十天什麼意思都能表達出來。她很鼓勵玉官學習。玉官便"愛，卑，西，——"唸咒般學了好幾天。果然靈得很！七天以後，她居然能把那厚本書唸得像流水一般快。

　　洋姑娘常到杏官家裡。玉官往時沒曾在五尺以內見過外國人，偶爾在街上遇見，自己總是遠遠地站開，正眼也不敢看他們一下。無論多麼鎮定，她一見洋人，心裡總有七分害怕。她怕洋人鉸人頭髮去做符咒；怕洋人挖人眼睛去做藥材；怕洋人把迷魂藥彈在她身上，使她額頭上印上十字，做出褻瀆神明、侮慢祖宗的事。她正在廳上做活，洋姑娘忽然敲門進來，連忙退到屋裡。杏官和洋姑娘互道了"平安"，便談些教裡的話，她雖然不很懂那位姑娘的話，從杏官的回答，知道是關於她有股份的那間藥房的事情。她聽見洋姑娘說藥房賣嗎啡，給別的教友攻擊，那經理在聚集禮拜的時候，當眾懺悔，願意獻出一筆款子來，在鄉間修蓋一所福音堂；因為杏官是股東，所以她來說說。杏官對於商務本不明白，聽了姑娘一番話，只是感謝上帝，沒說別的。洋姑娘臨出門的時候又托杏官替她找一個"阿媽"，每月工錢六百文，管住不管吃。

杏官心血來潮，回到屋裡，一味攛掇玉官去混這份事情。玉官想一個月六百文，吃用去四百，還剩二百；管住，她的房子便可以賃出去，一個月至少可以得一二百文，為孩子將來的學費，當然比手磨破了做針黹，一天得不了一二十文好得多。最要緊的是，糞掃再也不敢向她搗亂。她點了頭，卻要杏官保證那洋姑娘不會給她迷魂湯喝，也不會在她睡覺時挖掉她兒子的眼睛，或鉸掉她的頭髮。上工的日子已經約定，她心裡仍是七上八下，怕語言不通，怕洋人脾氣不好，怕這，怕那。

洋姑娘許玉官把孩子帶在身邊，給她一間很小的臥房，就在福音堂後面。她主人的住處不過隔着幾棵龍眼樹，相離約距五丈遠。她自己的房子賃不出去。因為教堂距離也很近，她本來想早出晚歸，又怕糞掃來攪擾，孩子放在家裡又沒人照顧，不如把門窗關嚴，在禮拜天悄悄地回來看看。每月初一、十五，她破曉以前回家打掃一遍，在神位和祖先神主前插一炷香，有時還默禱片時。這舊房簡直就像她的家祠，雖然沒得賃出去，她倒也很安心。

糞掃知道了嫂嫂混了洋事，惹不起，許久沒見面了。趕巧在一個禮拜天早晨，玉官回家的時候，他已在門口等着。他是從杏官打聽出她每在那時候回家的。一進門，他還是舊話重提，賣房子運靈，接着就是借錢。玉官說了他幾句，叫他以後莫來麻煩她，不然她便告教堂到衙門去告他一狀。正在分會不開的時候，杏官進來了。她也幫着玉官說了糞掃幾句，把他說得垂頭喪氣，踱出嫂嫂家門。她們也隨着出來，把門倒鎖着，到教堂去了。糞掃一面走，一面想，看她們走遠了，回頭到嫂嫂家門口，見鎖得牢牢地，四圍的牆壁又很高，沒出了進去，越想越把怨恨移在杏官身上。他以為杏官不該引他嫂嫂到教堂去工作，因而動意要到她家去看有什麼可拿的沒有，藉此洩洩憤氣，不想到了杏官家，門也是關得嚴嚴地，沿着牆走到後門，望望四圍都是曠地，沒有人往來，他從土堆裡找出一根粗鉛絲，輕輕把門閂撥動，一會工夫就把門打開了。進到屋裡，看見兩個小女孩正在床上熟睡，箱籠雖有幾個，可都上了鎖。桌上沒有什麼值錢的東西，便去動那箱的鎖。開鎖的聲音，幾乎把孩子驚醒了。手一停住，計便上心。他到床邊。輕輕地把雅麗抱在懷裡，用一張小毯蒙着她。在拿小毯的時候，發見了兩錠壓床褥的紋銀，他喜出望外，連忙撿起揣在身邊，從原路出去，一溜煙似地跑了。

二

糞掃一跑出城外，抱着孩子，心裡在盤算着。那時當地有些人家很喜歡買不滿三歲的女嬰來養，大了當丫頭使喚；
尤其是有女兒的中等家庭，買了一個小丫頭，將來大了可以
用來做小姐的陪嫁婢。他立定主意要賣雅麗，不過不能在本
城或近鄉幹，總得走遠一點。在路邊歇着的時候，他把銀錠
取出來放在手裡掂一掂，覺得有十來兩重，自己裂着嘴笑了
一會。正要把銀子放回口袋裡，忽然看見遠處來了人，走得
非常地快。他疑心是來追他的，站起來，抱着孩子，撒開腿
便跑。轉了幾個彎，來到渡頭，胡亂地跳上一隻正要啟碇的
船。坐在艙底，他的心頭還是怔忡地跳躍着。

　　他受了無數的虛驚，才輾轉地到了廈門。手裡抱着孩
子，一點辦法也想不出來。他沒理會沒有媒婆，買賣人口是
不容易得着門道，自己又不能抱出去滿街嚷嚷。住了好些日
子，沒把孩子賣出去，又改了主意。他想，不如到南洋去，
省得住久了給人看出破綻來。

　　在一個朦朧的早晨，他隨着店裡一幫番客來到碼頭。因
為是一個初出口岸的人，沒理會港口有多少航線，也不曉怎
樣搭伙上大船去。他胡亂上了圍着渡頭的一隻小艇，因為那
上頭也滿載着客人，便想着是同一道的。誰知不湊巧，艇夫
把他送上上海船去了！他上了船，也沒問個明白，只顧深密
躲藏起來。一直到船開出港口以後，才從旁人的話知道自己
上錯了船。無可奈何，只得忍耐着，自己再盤算一下。

　　一天兩天在平靜的海面進行着，那時正在三伏期間，艙
裡熱得不可耐，雅麗直嚷要媽媽。他只得對同艙的人說，他
是她的叔叔。因為哥哥在南洋去世，他把嫂嫂同孩子接回家

鄉，不料嫂嫂在路上又得了病，相繼死掉了。他是要回鄉去，不幸上錯了船。一番有情有理的話，把聽的人都說得感動起來。有人還對他說上海的泉、漳人也很多，船到時可以到會館去求些盤纏，或找些事情，都不很難。他見人們不懷疑他，才把心意放寬了。此後時常抱着孩子在甲板上走來走去。

在船到上海的前一天，一個老媽走到糞掃身邊說，她的太太要把孩子抱去看看。糞掃還沒問她什麼意思，她已隨着說出來。他說她的太太在半個月以前剛丟了一位小姐，昨天在艙裡偶然聽見他的孩子，不覺大大地傷心起來，淚漣漣地哭着她那位小姐。方才想起又哭，一定要把孩子抱去給她看看。她說她的太太很仁慈，看過了一定會有賞錢給的。問了一番彼此的關係，糞掃便把雅麗交給那女傭抱到官艙裡去。

大半天工夫，傭人還沒把孩子抱回來，急得糞掃一頭冷汗。他上到甲板，在官船門口探望，好容易盼得那傭人出來。她說，太太一看他的孩子，便覺得眼也像她的小姐，鼻也像她的小姐，甚至頭髮也像得一毫不差。那女孩子，真有造化，教太太看中了。

糞掃卻有一點小聰明，他把女傭揪到甲板邊一個稍微僻靜的地方，問她太太是個什麼人。

從女傭口裡，他知道那太太是欽差大臣李爵相幕府裡熟悉洋務一位頂紅的黃道台的太太。女傭啟發他多要一點錢。他卻想藉着機緣求一個長遠的差使，在船上不便講價，相約上岸以後再談。

　　黃太太自從見過雅麗以後，心地開朗多了。她一時也離不開那孩子，船一到，便教人把糞掃送到一間好一點的客棧去。她回公館以後，把事情略為交待，便趕到客棧裡來。她的心比糞掃還急。糞掃知道這買賣勢在必成，便故意地裝出很不捨得的情態。這把那黃太太憋得越急了。糞掃不願意賣斷，只求太太賞他一碗飯吃。太太以為這在將來恐怕拖着一條很長的尾巴。兩造磋商了一半天，終於用一百兩銀子附帶着一個小差使，把雅麗換去了。

　　糞掃認識的字不多，黃太太只好把他薦到蘇松太兵備道衙門裡當個親兵雜長。他的名字也改了。在衙門裡做事倒還安份，道台漸漸提拔他，不到一年工夫又把他薦到游擊衙門當哨官去。他有了一個小功名，更是奮發，將餘閑的工夫用在書籍上，居然在短期內把文理弄順了。有時他也到上海黃公館的門房去，因為他很感激恩主黃太太的栽培，同時也想看看雅麗的生活。

　　雅麗居然是一位嬌滴滴的小姐，有一個娘姨伺候着她。小屋裡，什麼洋玩意兒都有，單說洋娃娃也有二三十個。天天同媽媽坐在一輛維多利亞馬車出去散步。吃的喝的，不用提，都是很精美的。她越長越好看，誰見了都十分讚羨，說孩子有造化。不過黃太太絕對不許人說小姐是抱來的。她愛雅麗就和親生的一樣。她屢次小產，最後生的那個，養了一年多又死了。在抱雅麗的時候，她到城隍廟去問了個卦，城隍老爺與“小半仙”都說得抱一個回來養，將來可以招個弟弟。自從抱了雅麗以後，她的身體也是一天好似一天，菩薩

139

說她的運氣轉好了，使她越發把女兒當做活寶。黃觀察並不常回家，爵相在什麼地方，他便隨着到什麼地方去，所以家裡除掉太太小姐以外，其餘都是當差的。

門房的人都知道糞掃是小姐的叔父，他一來到，當然是格外客氣。那時候，他當然不叫"糞掃"了，而官名卻不能隨便叫出來的，所以大家都稱他做李總爺或李哨官。過年過節，李總爺都來叩見太太，太太叮嚀他不得說出小姐與他彼此的關係，也不敢怠慢他。

三

李總爺既然有了官職，心裡真也惦着他哥哥的遺體，雖曾寄信到威海衛去打聽，卻是一點蹤跡都沒有。他沒敢寫信給他嫂嫂，怕惹出大亂子來不好收拾。那邊杏官因為丟了孩子，便立刻找牧師去。知縣老爺出了很重的花紅賞格，總是一點頭緒都沒有。原差為過限銷不了差，不曉得挨了多少次的大板子。自然，誰都懷疑是玉官的小叔子幹的，只為人贓不在，沒法證明。幾個月幾個月的工夫忽忽地過去，城裡的人也漸漸把這事忘記掉，連杏官的情緒也隨日鬆弛，逐漸復原了。

玉官自從小叔子失蹤以後，心境也清爽了許多。洋主人意外地喜歡她，因為她又聰明，又伶俐。傳教是她主人的職業，在有空的時候，她便向玉官說教。教理是玉官在杏官家曾領略過一二的，所以主人一說，她每是講頭解尾，聞一知十。她做事尤其得人喜歡，那般周到，那般妥貼，是沒有一個僕人能比得上的。主人一意勸她進教，把小腳放開，允許她若是願意的話，可以造就她，使她成為一個"聖經女人"，每月薪金可以得到二兩一錢六分，孩子在教堂裡唸書，一概免繳學費。

經過幾個星期的考慮，她至終允許了。主人把她的兒子暫時送到一個牧師的家裡，伴着幾個洋孩子玩。雖然不以放腳為然，她可也不能不聽主人的話。她的課程除掉聖經以外，還有"真道問答"，"天路歷程"，和聖詩習唱。姑娘每對她說天路是光明、聖潔、誠實，人路是黑暗、罪污、虛偽，但她究竟看不出大路在那裡。她雖然找不到天使，卻深信有魔鬼，好像她在睡夢中曾遇見過似地。她也不很信人路就如洋姑娘說的那般可怕可憎。

一年的修業，玉官居然進了教。對於教理雖然是人家說什麼，她得信什麼，在她心中卻自有她的主見，兒子已進了教堂的學塾，取名李建德，非常聰明，逢考必佔首名，塾師很喜歡他。不到兩年，他已認識好幾千字，英語也會說好些。玉官不久也就了"聖經女人"的職務，每天到城鄉各處去派送福音書、聖跡圖，有時對着太太姑娘們講道理。她受過相當的訓練，口才非常好，誰也說她不贏。雖然她不一定完全信她自己的話，但為辯論和傳教的原故，她也能說得面面俱圓。"為上帝工作，物質的享受總得犧牲一點。"玉官雖常聽見洋教士對着同工的人們這樣說，但她對於自己的薪金已很滿意；加上建德在每天放學後到網球場去給洋教士們撿球，因而免了學費，更使她樂不可支。這時她不用再住在福間堂後面的小房子，已搬回本宅去了。她是受條約保護的教民，街坊都有幾分忌畏她。住宅的門口換上信教的對聯："愛人如己，在地若天。"門楣上貼上"崇拜真神"四個字。廳上神龕不曉得被挪到那裡，但準知道她把神主束縛起來，就在一個紅口袋裡，懸在一間屋裡的半閣的樑下。那房門是常關着，像很神聖的樣子。她不能破祖先的神主，因為她想那是大逆不道，並且於兒子的前程大有關係。她還有個秘密的地方，就是廚房灶底下，那裡是她藏銀子的地方。此外一間臥房是她母子倆住着。

不久，北方鬧起義和團來了。城裡幾乎也出了亂子。好在地方官善於處理，叫洋人都到口岸去。玉官受洋主人的囑託，看守禮拜堂的住宅。幾個月後，事情平靖了，洋主人回來，覺得玉官是個熱心誠信的人，管理的才幹也不劣，越發信任她。從此以後，玉官是以傳教著了名。在與人講道時，若遇見問雖如"上帝住在什麼地方"、"童貞女生子"、"上帝若是慈悲，為什麼容魔鬼到別處去害人，然後定被害者的罪"等等問題，雖然有口才，她只能回答說，那是奧妙的道理，不是人智與語言所能解明的。她對於教理上不明白的地方，有時也不敢去請洋教士們；間或問了，所得的回答，她也不很滿意。她想，反正傳教是勸人為善，把人引到正心修身的道上，那管他信的是童貞女生子或石頭縫裡爆出來的妖精。她以為神奇的事跡也許有，不過與為善修行沒甚關係。這些只在她心裡存着。至於外表上，為要名副其實，做個遵從聖教的傳道者，不能不反對那拜偶像、敬神主、信輪迴等等舊宗教，說那些都是迷信。她那本羅馬字的白話《聖經》不能啟發她多少神學的知識，有時甚至令她覺得那班有學問的洋教士們口裡雖如此說，心裡不一定如此信。她的裝束，在道上，誰都看出是很特別的黑布衣裙；一隻手裡永不離開那本大書，一隻手常拿着洋傘；一雙尖長的腳，走起來活像母鵝的步伐。這樣，也難為她，一天平均要走十多里路。

城鄉各處，玉官已經走慣了。她下鄉的時候，走乏了便在樹蔭底下歇歇。以後她的佈教區域越大，每逢到了一天不能回城的鄉村，便得在外住一宿。住的地方也不一定，有教堂當然住在教堂裡，而多半的時候卻是住在教友家中。她為人很和藹，又常常帶些洋人用過的玻璃瓶、餅乾匣，和些現成藥材，如金雞納霜、白樹油之類，去送給鄉下人，因此，人們除掉不大愛聽她那一套悔罪拜真神的道理以外，對她都很親切。

因為工作優越，玉官被調到鄰縣一個村鎮去當傳道，一個月她回家兩三天。這是因為建德仍在城裡唸書，不能隨在身邊，她得回來照料，同時可以報告她一個月的工作。離那村鎮十幾里的官道上不遠，便是她公婆的墳墓。她只在下葬的時候到過那裡，自入教以來，好些年就沒人去掃祭。一天下午，她經過那道邊，忽然想起來，便尋找了一回，果然在亂草蒙茸中找着了。她教田裡農人替她除乾淨，到完工的時候已是黃昏時分，趕不上回鎮。四處的山頭都教晚雲籠罩住，樹林裡的歸鳥噪得很急。初夏的稻田，流水是常響着的。田邊的濕氣蒸着幾朵野花，顏色雖看不清楚，氣味還可以聞得出來。她挂着洋傘，一手提着書包，慢慢地踱進樹林裡那個小村。那村與樹林隔着一條小溪，名叫錦鯉社，沒有多少人，因為男丁都到南洋謀生去了。同時又是在一條官道上，不說是士商行旅常要經過，就是官兵、土匪凡有移勸，也必光臨，所以年來居民越少，剩下的只有幾十個老農和幾十個婦孺。教會在那裡買了一所破舊的大房子，預備將來修蓋教堂和學堂。玉官知道那就是用杏官入股的那間藥房的獻金買來的，當晚便到那裡去歇宿。

房買過來雖有了些日子，卻還沒有動工改建，只有一個看房的住在門內。裡面臥房、廂房、廳堂，一共十幾間。外門還有一所荒涼的花園。前門外是一個大魚池，水幾乎平岸。因為太靜，院子裡所有的聲音都可以聽見。在眾多的聲音當中，像蝙蝠拍着房檐，輕風吹着那貼在柱上的殘破春聯，鑽洞的老鼠，撲窗的甲蟲，園後的樹籟，門前的魚躍，不慣聽見的人，在深夜裡，實在可以教他信鬼靈的存在。

看房子的是個四十左右的男子，名叫廉，姓陳。玉官是第一次來投宿。他問明了，知道她是什麼人，便給她預備晚飯。他在門外的瓜棚底下排起食具，讓玉官坐在一邊候着，因為怕屋裡一有燈光便會惹得更多蚊子飛進去。棚柱上掛着一盞小風燈，人面是看不清楚的。吃過晚飯以後，玉官坐在原位與陳廉閑談。他含着一桿旱煙，抱膝坐在門檻上。所談無非是房子的來歷和附近村鄉的光景。他又告訴玉官說那房子是凶宅，主人已在隔溪的林外另蓋了一座大廈，所以把它賣掉。又説他一向就在那裡看房，後來知道是賣給教會開學堂，本想不幹了，因為教會央求舊主人把他留到學堂開辦的時候，故此不得不勉強做下去。從他的話知道他不但不是教徒，並且是很不以信教為然的。他原不是本村人，不過在那裡已經住過許久，村裡的情形都很熟悉。他的本業是挑着肉擔，吹起法螺，經村過社，賣完了十幾二十斤肉，恰是停午。看房子是他的臨時的副業，他不但可以多得些工錢，同時也落個住處。村裡若是酬神演戲，他在早晨賣肉以後，便在戲台下擺鹵味攤。有時他也到別的村鎮去，一去也可以好幾天不回來。

　　玉官自從與丈夫離別以後，就沒同男人有過夜談。她有一點忘掉自己，彼此直談到中夜，陳廉才領她到後院屋裡去睡。他出來倒扣着大門，自己就在瓜棚底下打鋪。在屋裡的玉官回味方才的談話，閉眼想像燈光下陳廉的模糊的樣子，心裡總像有股熱氣向着全身衝動，躺在床上翻來覆去，直睡不着。她睜着眼聽外面許多的聲音，越聽越覺得可怕。她越害怕，越覺得有鬼迫近身邊。天氣還熱，她躺在竹床上沒蓋什麼。小油燈，她不敢吹滅它，怕滅了更不安心。她一閉着眼就不敢再睜開，因為她覺得有個大黑影已經站在她跟前。連蚊子咬，她也不敢拍，躺着不敢動，冷汗出了一身。至終還是下了床，把桌上放着的書包打開，取出《聖經》放在床上，口裡不歇地唸乃西信經和主禱文，這教她的心平安了好些。四圍的聲音雖沒消滅，她已抱着《聖經》睡着了。一夜之間，她覺得被鬼壓得幾乎喘不了氣。好容易等到雞啼，東方漸白，她坐起來，抱着聖書出神。她想中國鬼大概不怕洋聖經和洋禱文，不然，昨夜又何故不得一時安寧？她下床到門口，見陳廉已經起來替她燒水做早餐。陳廉問她昨夜可睡得好。玉官不敢說什麼，只說蚊子多點而已。她看見陳廉的枕邊也放着一本小冊子，便問他那是什麼書。陳廉說是《易經》。因為他也怕鬼。她恍然大悟中國鬼所怕的，到底是中國聖書！

一夜的經過，使玉官確信世間是有鬼的。吃過早飯以後，身上覺得有點燒，陳廉斷定她是昨夜受了涼，她卻不以為然。她端詳地看着陳廉，心裡不曉得發生了一種什麼作用，形容不出來，好像得着極大的愉快和慰安。他伺候了一早晨，不但熱度不退，反加上另一樣的熱在心裡。本來一清早，陳廉得把擔子挑着到鎮上去批肉。這早晨伺候玉官，已是延遲了許多時候，見她確像害病，便到鎮裡順便替她找一頂轎子把她送回城裡。走了一天多，才回到家裡。她躺在床上發了幾天燒，自己不自在，卻沒敢告訴人。

她想，這也許是李家的祖先作祟，因為她常離家，神主沒有敬拜的原故。建德回家也是到杏官那邊去的時候多，自玉官調到別處，除教友們有時借來聚聚會以外，家裡可說是常關鎖着。她在床上想來想去，心裡總是不安，不由得起來，在夜靜的時候，從櫟上取下紅口袋，把神主抱出來，放在案上。自己重新換了一套衣服，洗淨了手，拈着香向祖先默禱一回。她雖然改了教，祖先崇拜是沒曾改過。她常自己想着如果死後有靈魂的存在，子孫更當敬奉他們。在地獄裡的靈魂也許不能自由，在天堂裡的應有與子孫交通的權利。靈魂睡在墳墓裡等着最後的審判，不是她所佩服的信條。並且她還有她自己的看法，以為世界末日未到，善惡的審判未舉行，誰該上天，誰該入地，當然不知，那麼，世間充滿了鬼靈是無疑的。她沒曾把她這意思說過出來，因為《聖經》沒這樣說，牧師也沒這樣教她。她又想，凡是鬼靈都會作威作福，尤其是惡鬼的假威福更可怕，所以去除邪惡鬼靈的咒語圖書，應當隨身攜着。家裡的祖先雖不見得是惡鬼，為要安慰他們，也非常時敬拜不可。

自她拜過祖先以後，身體果然輕快得多，精神也漸次恢復了。此後每出門，她的書包裡總夾着一本《易經》。她有時也翻翻看，可是怪得很，字雖認得好些個，意義卻完全不懂！她以為這就是經典有神秘威力的所在。敬惜字紙的功德。她也信。在無論什麼地方，一看見破字條、廢信套、殘書斷簡，她都給撿起來，放在就近的倉聖爐裡。

四

忽忽又過了幾年，建德已經十來歲了。玉官被調到錦鯉去住，兼幫管附近村落的教務。建德仍在城裡，每日到教堂去上課，放學後，便同雅言一起玩。杏官非常喜愛建德，每見他們在一起，便想像他們是天配的一對。她也曾把這事對玉官提過，不過二人的意見不很一致。杏官的理想是把建德送到醫院去當學生，七八年後，出來到通商口岸去開間西藥房。她知道許多西醫從外邊回來，個個都很闊綽。有些從醫院出來，開張不到兩年，便在鄉下買田置園，在城裡蓋大房子。這一本萬利買賣，她當然希望她的未來女婿去幹。玉官的意見卻有兩端。第一，牧師們希望她的兒子去學神道，將來當傳教士；第二，她自己仍是望兒子將來能得一官半職，縱然不能為她建一座很大的牌坊，小小的旌節方匾也足夠滿她的意。關於第一端，杏官以為聰明的孩子不應當去學神道，應當去學醫；至於第二端，她又提醒玉官說的教人不能進學，因為進學得拜孔孟的牌位，這等於拜偶像，是犯誡的。基本的功名不能得，一官半職從何而來？在理論上杏官好像是勝一籌。可是玉官不信西藥房便是金礦坑，她仍是希望她的兒子好好地唸書，只要文章做得好，不怕沒有稟保。建德的前程目前雖然看不清，玉官與杏官的意見儘管不一致，二人的子女的確是像形影相隨；至終，婚約是由雙方的母親給定好了。

在建德正會做文章的時候，科舉已經停了。玉官對於這事未免有點失望，然而她還沒拋棄了她原來的理想。希望建德得着一官半職，仍是她生活中最強的原動力。從許多方面，她聽見學堂畢業生也可以得到舉人進士的功名，最容易是到外洋遊學。她請牧師想法子把建德送出洋去，牧師的條件是要他習神學，回來當教士，這當然不是她理想中兒子的前程。不得已還是把建德安置在一個學膳費俱免的教會學堂。那時這種學堂是介紹新知的惟一機關。她想十年八年後，她的積累必能供給建德到外國去，因為有人告訴她說，到美國可以半工半讀，勤勞些的學生還可以寄錢回家，只要預備一千幾百的盤纏就可以辦得到。玉官這樣打定了主意，仍舊下鄉去做她的事情。

年月過得很快，玉官的積聚也隨着加增，因為計算給建德去留學，致使她的精神弄得恍恍惚惚，日忘飲食，夜失睡眠，在將近清明的一個晚上，她得着建德病得很厲害的信，使她心跳神昏，躺在床上沒睡着，睡着了，又做一個夢。夢見她公公、婆婆站在她跟前，形狀像很狼狽，衣服不完，面有菜色。醒來，坐床上，凝思了一回，便斷定是許多年沒到公姑墳上去祭掃，也許兒子的病與這事有關。從早晨到下午，她想不出什麼辦法。祭墓是吃教人所不許的。紙錢，她也不能自己去買。她每常勸人不要費錢買紙錢來燒，今日的難題可落在她自己身上了！她為這事納悶，坐不住，到村外，踱過溪橋，到樹林散步去。

自從錦鯉的福音堂修蓋好以後，陳廉已不為教會看守房子，每天仍舊挑着肉擔，到處吹螺。他與玉官相遇於林外，便坐在橋上攀談起來。談話之中，陳廉覺得她心神好像有所惦罣，問起原由，才知道她做了鬼夢。陳廉不用懷疑地說，她公婆本來並不信教，當然得用世俗的習慣來拜他們。若是不願意人家知道的話，在半夜起程，明天一早便可以到墳地。祭回再回城裡去也無不可。同時，他可以替她預備酒肉、香燭等祭品。玉官覺得他很同情，便把一切預備的事交待他去辦，到時候在村外會他。住在那鄉間的人們為趕程的原故，半夜動身本是常事，玉官也曾做過好幾次，所以福音

堂的人都不大理會。

月光蓋着的銀灰色世界好像只剩下玉官和陳廉。山和樹只各伴着各的陰影，一切都靜得怪可怕的。能夠教人覺得他們還是在人間的，也許就是遠村裡偶然發出來的犬吠。他們走過樹下時，一隻野鳥驚飛起來，拍翅的聲，把玉官嚇得心跳肉顫，骨軟毛悚。陳廉為破除她的恐怖，便與她並肩而行，因為他若在前，玉官便跟不上；他若在後，玉官又不敢前進。他們一面走，一面談。談話的範圍離不開各人的家山。陳廉知道玉官只希望着她的兒子將來能夠出頭，給她一個好的晚景。玉官卻不知道陳廉到底是個什麼人，因為他不大願意說他家裡的事。他只說，他什麼人都沒有，只是賺多少用多少。這互述身世的談話剛起頭，魚白色的雲已經佈滿了東方的天涯。走不多時，已到了目的地。陳廉為玉官把祭品安排停當，自己站在一邊。玉官拈着香，默禱了一回，跪下磕了幾個頭。當下她定要陳廉把祭品收下自用。讓了一回，陳廉只得聽從，領着她出了小道，便各自分手。

陳廉站在路邊，看她走遠了，心裡想，像這樣吃教的婆娘倒還有些人心。他讚羨她的志氣，悲嘆她的境遇，不覺嘆了幾口氣，挑着擔子，慢慢地往鎮裡去。

玉官心裡十分感激陳廉，自丈夫去世以後，在一想起便能使她身上發生一重奇妙的感覺的還是這個人。她在道上只顧想着這個知己，在開心的時候他會微笑，可是有時忽然也現出莊肅的情態，這大概是她想到陳廉也許不會喜歡她，或彼此非親非故所致罷。總之，假如"彼此為夫婦"的念頭，在玉官心裡已不知盤桓了多少次，在道上幾乎忘掉她趕程回家的因由。幾次的玄想，幫助她忘記長途的跋涉。走了很遠才到一個市鎮，她便僱了一頂轎子，坐在裡頭，還玄想着。不知不覺早已到了家門，從特別響亮的拍門聲中知道她很着急。門一開，站在她面前的不是別人，正正確確地是她的兒子建德。她發了楞，說她兒子應當在床上躺着，因為那時已經快到下午十點鐘了。建德說他並沒有病，不過前兩天身上有點不舒服，向學校告了幾天假罷了。其實他是戀上了雅言，每常藉故回家。玉官一踏進廳堂，便見雅言迎出來，建德對他母親說，虧得他的未婚妻每日來做伴，不然真要寂寞死了。這教玉官感激到了不得。建德順即請求擇日完婚。他用許多理由把母親說動了。杏官也沒異議。於是玉官把她的積金提些出來，一面請教會調她回來城裡工作，等過一年半載再回原任。

　　舉行婚禮那一天，照例她得到教堂去主婚。牧師唸聖經祈禱，祝福，所有應有的禮節一一行過。回到家中，她想着兒子和新婦當向她磕頭。那裡想到他們只向她彎了彎腰。揖不像揖，拜不像拜！她不曉得那是什麼禮，還是杏官伶俐，對她說，教會的信條記載過除掉向神以外，不能向任何人物拜跪，所以他只能行鞠躬禮。玉官心想，想不到教會對於拜跪看得那麼嚴重，祖先不能拜已經是不妥，現在連父母也不能受子女最大的敬禮了！她以為兒子完婚不拜祖先總是不對的。第四天一早趁着建德和雅言出門拜客的時候，她把神主請下來，叩拜了一陣，心裡才覺稍微安適一點。

五

自從雅言嫁到玉官家裡，一切都很和氣。玉官真個享了些婆福，出外回來，總有熱茶熱湯送到她面前。媳婦是想不到地恭順，連在地上撿得一紅紙條都交回給她。一見面便媽媽長媽媽短的問，把她老人家奉承得眉飛目舞，逢人便讚。

花無百日香，媳婦到底不是自家人，不到半年，玉官對於雅言有些厭惡了，原因是建德入了革命黨。她以為雅言知道，沒勸他猶可說，連告訴她一聲都沒有。她同十幾個同心預謀到同安舉事，響應武漢；不料事機不密，被逮了十幾個人，連他也在內。知縣已經把好幾個人殺了。這消息傳到玉官耳邊，急得她捶胸蹲地，向天號哭，一面向上帝祈禱，一面向祖先許願。她以為媳婦不懂得愛護丈夫，連這殺頭大罪，也不會阻止他，教他莫去幹。她向着雅言一面哭，一面罵，罵得媳婦也哭起來。

玉官到牧師那裡，求他到縣裡去說人情，把兒子保出來。一面又用了許多銀子托人到縣裡去想法子。她的錢用夠了，也就有人出來證明建德是被誣陷，可不是嗎！他的年紀不過是十八九，懂得什麼革命呢？加以洋牧師到知縣面前面保，不好拒絕，恐怕惹出領事甚至公使的照會，不是玩的。當下知縣把建德提出來，教訓了幾句，命保人具結，當堂釋放。牧師摟着他，兩眼望天直禱告了一刻工夫。出了衙門，一面走，一面勸建德不要貪圖世間的功業，要獻身給天國。建德的入黨也是糊裡糊塗地，自思既然受了天恩，便當隨教會的意思，要怎樣便怎樣。牧師當然勸他去當牧師。於是在他畢業中學之後，便被送到一個神學校去。牧師又勸玉官說，不要對於建德的將來太失望。他也許不能滿足她一切的期望，但她應當要求一個更高的理想，活在理論的世界裡。

玉官自從建德進神學校以後，仍舊下鄉去佈道，只留着雅言在家。她的私積為建德的婚事和官司用得精光，一想起來，那怨恨便飛到雅言身上。因此她一回來，媳婦雖然像往常那般奉承，她總免不了要挑眼，找岔。雅言常常受她的氣，不曉得暗地裡哭了多少次。這樣下去，兩人的感情便隨日喪失，竟然交口對罵起來。在玉官看來，媳婦當然是不孝，她想無論叫誰來評判，也要判雅言為不孝。可是她沒想到凡事都有例外。第一，她的兒子並不這樣想；第二，她的親家母也沒以她的女兒為不然。她兒子一從學校回來，她沒別的話，一切怨惡的箭都向雅言發射，射得她體無完膚。兒子聽得受不了，教她裝聾扮啞，這樣倒使他母親把他也罵個臭，說他不長進，聽媳婦的話，同媳婦一鼻孔出氣，合謀要氣死她。建德在家裡，最使她忿忿不平的是雅言躲在屋裡與兒子密談。她想，兒媳婦若非淫蕩，便是長舌。這於家庭，於她自己，都是有害無利。到親家母那裡去分會罷，她在氣不過的時候，總是這樣想。可是一到杏官那裡，她都沒得着同情的解答。她若說雅言親暱丈夫不招呼她，杏官便回答她，年輕的夫婦應當那樣，因為《聖經》說，夫婦應當合為一體，況且她女兒嫁的是丈夫，不是婆婆。

又是一個時候，玉官在杏官面前囉嗦得沒開交，激鬧了

杏官，杏官便説她如果是眼紅兒媳婦與兒子親密，把她撇在一邊，沒人來理，為何不去改嫁？她又勸玉官不要把雅言迫得太甚，因為女兒已經有娠，萬一有什麼差錯，她是不答應的。這把玉官氣得捶胸大哭，伸過手來，一巴掌便落在杏官臉上。這樣的"斷然處置"，當然不能使杏官忍受，兩個女人在緊張的情形底下不宣而戰。

交了兩三手，杏官一句話提醒了她，説她身為佈道家。不能這般任性，玉官羞得滿臉漲熱，心裡的難受直如受了天上人間最酷的刑罰。她坐在一邊喘氣，眼淚源源地滴在襟前。慚愧的心情迫着她向杏官求饒恕。杏官當下又安慰了她幾句。她將她自己作比，説她把丈夫丟了，也是這樣過活，萬事都依賴上天，隨遇而安，那就快活了。做人倒不必斤斤於尋求自己的享樂受用，名譽恭敬，如她心裡想着子女無論如何是孝順的，他們也自然地不給她氣受了。

玉官出了杏官的門，心裡仍然有無限的愧欠。她還沒看出那"理想"的意義，她仍然要求"現實"：生前有親朋奉承，死後能萬古流芳，那才不枉做人。她雖走着天路，卻常在找着達到這目的人路。因為她不敢確斷她是在正當的路程上走着。她想兒子和媳婦那樣不理會她，將來的一切必使她陷在一個很孤寂的地步。她不信只是冷清的一個人能夠活在這世界裡。富，貴，福，壽，康，寧，最少總得攀着一樣。

到家裡，和衣躺在床上。雅言上前問好，她也沒理會，足足睡了一天一夜。她覺得她一切的希望都是空的。從希望、理想，想到實際，使她感到她現在的工作也沒意味。想透一點，甚至有點辜負良心。但是她又想回來，以為造就兒子的前程就是她的良心。她的工作，勞力，也和用在其它的事業上一樣，主人要她怎樣做，她便怎樣做，主人要她怎樣說，她便怎樣說。她是一個職業的婦人，不是一個尼姑。不過兒子是她的，如今他像是屬於別的女人，不大受她統制，再也不需要她了。這使她的工作意義根本動搖。想來想去，還是得為自己想。從自己想到她的亡夫，從亡夫又想到陳廉。她想到陳廉，幾乎把一切的苦惱都忘掉，好像他就是在黑洞裡的一盞引路燈，隨着它走，雖然旁的都看不見，卻深信它一定可以引到一條出路。

　　她已決定辭掉女傳道的職業，跟着陳廉在村裡住。她想陳廉一定會答應的，因為寫了一封沒具理由的辭職書遞給傳道公會。洋姑娘來慰留她，問她到底為什麼不滿意，她只是說不出來。用女人的心來猜女人，說不出來的不過是一兩件事而已。洋姑娘忖度玉官若非到鄉下傳教被不信的人們所侮辱，便是在隴陌間給暴徒傷害了她的清白，這個，除掉祈禱以外，絕不能對外人聲張。她們禱告了半天，卻也沒什麼結果。洋姑娘還是勸她權且擔任下去，等公會開會來討論。

　　她回到錦鯉，一心要同陳廉說她這一點心事。因為離社幾十里的一個村莊演戲賽會，陳廉到那戲台下賣鹵味去了。等了一天，兩天，他都沒回來，以致她的心情時刻在轉動着。

　　五六天後，醮打完了，陳廉賺了些錢，很高興地回到社裡。他做了許多年的買賣，身邊有了夠上置幾十畝地的積

蓄，都放在鎮上生利。大王廟口那棵樟樹有一條很粗的根露
出地面一尺多高，往來的人們每坐在那上頭歇息。玉官出外
回來也常坐在那裡與陳廉閑談。聽着隔溪的鳥聲很可以使人
忘卻疲倦。他坐在那裡正計算着日間的收入，抬頭看見玉官
立即讓坐，說了許多閑話，漸次談到他們倆人結合的事。這
在陳廉方面是一件可詫異的事：吃教人願意嫁給世俗的人。
但是玉官把她的真情說出來，說得陳廉也動了心。他說，若
是彼此成親，這社裡是不能住的，他可以把積蓄提出來，一
同到南洋去做小買賣。

玉官一向不曾對陳廉說過她與家人不和的事情，陳廉是
十幾年沒到過城裡去，所以玉官的實在光景，他也不大明
瞭。還是他自己對玉官說，他從前也住在城裡，因為犯了些
事，逃到錦鯉來。他把事情的原委說出來，玉官心裡想，那
不就是杏官的事情嗎？她嘴裡雖沒說出來，從他說的妻子姓
金、有兩個女兒的話推想起來，不是杏官是誰？玉官獨自
忖度半晌，一言不發。陳廉看她發愣，以為是計劃到南洋的
事情，也不細細問她。至終玉官站起來告訴他，彼此仔細想
過，再作最後的決定。她快快地回到教堂，心裡盤算：這事
是問明白好呢？還是由它呢？

陳廉本是個極反對信洋教的，自從在村裡與玉官認識以
後，態度便漸漸變了。他雖不接近教會，然而一見玉官，每
至談到不知時辰。他常說他從前的脾氣很壞，動不動就打
人；自來到鄉間，性格便醇了許多；自與玉官相識以後，更
善得像羔羊一般。玉官到底有什麼法力能夠吸引他，旁人也

不得而知。他安份營生，從來沒曾與人動過口角，所有的村人都看他是個老實人。與玉官結婚原不是他的奢望，因為玉官的要求，他也就不加考慮地答允。但從玉官懷疑他是杏官的逃夫以後，心裡已冷了七八分。她沒敢把杏官與她的關係說出，也許是以為到南洋結婚還有考慮的餘地。

　　雅言分娩的日期近了。杏官只忙着做外孫的衣帽，沒工夫顧別的。玉官辭職的事，她一點也不理會。建德也從學校回來照料。到時請了一個西法接生婆來。玉官心裡是隨便請個本地的吉祥姥姥，所花的當要比用洋法、帶着鉗子、叉子的接生婆省得多。不過她這幾個月來的心事大變，什麼事都不願意主張，一心只等着公會准她辭職，她再改嫁。生產的一切只得由着杏官照料。接生婆足足鬧了一天也沒把嬰兒抱下來。雅言是痛得冒出一頭冷汗。全家的人也都急得坐也坐不住，站也站不住。到深夜，一個男嬰墮了地，產母躺在床上，面色慘白。大家忙着照料嬰兒，竟沒覺得雅言的靈魂已離開軀殼。玉官摩摩雅言的心頭還熱，可是呼吸已經停了，不由得大叫。個個看見這樣，也都隨着狂叫一陣，至終認定是沒希望。接生婆也沒法子，口中喃喃，一半像祈禱，一半像自白。杏官是哭得死去活來。玉官是眼瞪瞪說不出一句話，枯坐在一邊。建德也只顧擦着眼淚。第二天早晨，他便出門去辦一切應辦的事。全家忙了好幾天，才把喪事弄停妥了。孩兒由杏官看護，抱回外家去。

　　媳婦死了以後，玉官對着建德像恢復了從前一切的希望，自古道“一山不容二虎，一國不容二主”，也許家裡沒

有兩個女人，婆媳對奏的交響樂作不起來，多有清靜的時間教她默想。她現在也不覺得再醮是需要，反而有了祖母的心情。她算算自己的年紀是四十二三，雖然現不出十分老，可是已有孫子。一個祖母還要嫁給一個後祖父麼？她想到這裡也不覺失笑。她還是安心做她的事，栽培兒子，接受了教會的慰留。

她覺得對陳廉不住，想把杏官的近況告訴他，但沒預備好要說的話。同時她又不敢告訴杏官，怕杏官酸性發作起來，奚落她幾句，反倒不好受。

<h2 style="text-align:center">六</h2>

自從雅言去世以後，教會便把玉官調回城裡，鄉間的工作暫時派別人去替代，為的是給她一點時間來照料孫兒。建德這時候也在神學校畢業了，教會一時沒有相當的位置安置他，校長因為愛惜他的才學，便把他送到美國再求深造，玉官年中也張羅些錢寄去給他。她的景況雖然比前更苦，精神卻是很活潑的。

流水賬一般的年月一頁一頁地翻得很快，她的孫兒天錫也漸次長大了。教會仍舊派她到錦鯉和附近的鄉間去工作，可是垂老的心情再也不向陳廉開放了。陳廉對於從前彼此所計劃的事本來是無可無不可的，何況已經隔了許多年，情感也就隨着冷下去。他在城裡自己開了一間小肉舖子，除非是收賬或定貨，輕易不到錦鯉來，彼此見面的機會越少。

　　歐洲的大戰，使教會在鄉間的工作不如從前那麼順利。這情形到處都可以看出來。因為一方面出錢的母會大減佈道的經費，一方面是反對基督教的人們因為回教的民族自相殘殺，更得着理論的根據。接着又來了種種主義，如國家主義、共產主義等等運動，從都市傳到鄉間，從口講達到身行。這是社會制度上一場大風雨，思想上一度大波瀾，區區的玉官雖有小聰明，也擋不住這新潮的激蕩。鄉間的小學教師時常與她辯論，有時辯到使她結舌無言，只有閉目祈禱。其實她對於她自己的信仰，如說搖動是太重的話，最少可以說是弄不清楚。她也不大想做傳道，一心只等建德回來，若能給她一個恬靜安適的生活，心裡就非常滿足了。

　　建德一去便是八九年。戰後的美國，男女是天天狂歡着的。他很羨慕這種生活，到了該回國的年限也不願意回來。在最後一二年間，他不再向母親要錢，因為他每月有點小小的入款，是由輔助一位牧師記賬得來的工資。在留學生當中，他算是很能辦事的一個。

　　在一個社交的晚會上，他認識了一個南京的女學生黃安妮。建德與她一見面，便如前好幾生的相識，彼此互相羨慕。安妮家裡只有一位母親。父親留下的一大椿財產都是用母親和她名字存在銀行裡。要說她學的是什麼，卻很難說，因為她的興趣是常改變的。她學過一年多的文學，又改習家庭經濟。不久厭惡了，又改學繪畫，由繪畫又改習音樂，因為她受不了野外的日光。由音樂又改習哲學，因為美學是哲學的一部門。太高深的學問又使她頭痛，至終又改習政治。

在美國，她也算是老資格，誰都知道她。缺德的同學給她起個外號叫"學園裡的黃蝴蝶"，但也有許多故意表示親切的同學管她叫安妮。她對人們怎樣稱呼她都不在意，因為她是蝴蝶，同時也是花；是藝術家，同時也是政治家。當她是花的時候，其它的蝴蝶都先後地擁護着她，追隨着她，向她表示這樣那樣。她常轉變的學業，使她滯留在外國，轉眼間已到了四七年華，不回國也不要緊，反正她不必為生活着急。在外國有受用處，便盡量受用，什麼野球會、麻雀會、晚餐會、跳舞會，乃至"公雞尾巴會"，她都有份，而且忙個不了。

建德是她意中人之一，她覺得他的性情與她非常相投。自從相識以後，二人常是如影隨形，分離不開。有一次，他接到杏官一封信說要給他介紹一個親戚的女兒。她說得天仙不如那位小姐的美麗，希望建德同意與她訂婚。建德把信拿給安妮看，安妮大半天也沒說半句話。這個使建德理會她是屬意於他，越發與她親密起來。

玉官知道兒子在外國已經有了女朋友，心裡雖然高興，只是為他不回來着急。她也常接建德的信說起安妮怎樣怎樣好，有時也附寄上二人同拍的照片。她看了自然很開心，早忘掉從前與雅言的淘氣，心境比前好得多。建德年來不要她再寄錢去使用，身邊的積蓄也漸次豐裕起來。天錫仍在杏官家住着，雖然到小學去唸書，因為外祖母非常溺愛他，一早出門，便不定到那裡去玩，到放學的時候才回來。學校報告他曠課，杏官也不去理會。玉官從鄉間回家，最多也不過是十天八天，那裡顧到孫子的功課。

　　天錫在學校裡簡直就是花果山的小猴王，爬牆上樹，鑽洞揭瓦，無所不為，先生也沒奈他何。有一次他與一個小同學到郊外一座荒廢的玄元觀去，上了神座，要把偶像頭上戴的冕旒摘下來玩。神像拱着雙手捧着玉圭看看來是非常莊嚴的。他們攀到袖子，不提防那兩隻泥手連袖子塌了下來，好像是神君顯靈把他們推到地下的光景。他的腦袋磕在龕欄上，血流不止。那小同學卻只擦破了皮。他把書包打開，拿出幾張竹紙，忙忙地捂在天錫頭上，不到一分鐘，滿都紅了，於是又加上幾張，脫下汗衫加裹得緊緊地，才稍微好一點。他們且不回家，還在廟裡穿來穿去。那玄元觀在幾十年前是一座香火很盛的廟宇，後來因為各鄉連年鬧兵，外處僑居在城裡的，人死了不能就葬，都把靈柩停厝在那裡。傳說那裡的幽鬼很猛烈，所以連乞丐都不敢在裡頭歇宿。各間屋子除掉滿佈木板長箱以外，一個人都沒有。門窗早教人拉去做火燒了。

　　小同學自己到後院去，試要找出什麼好玩的東西。天錫卻因頭痛，抱着腦袋坐在大門的檻上等他。等了一回，忽然聽見一聲巨響從後院發出來。他趕緊進去，看見小同學躺在血泊當中，眼瞪瞪，說不出話來。他也莫名其妙，直去扶那孩子。孩子已經斷了氣，走不動，反染得他一身都是血。無可奈何，天錫只得把屍首撂在地下，臉青青地溜出廟門。

　　天錫不敢逕自回家，只在樹林裡坐着，直等到斜陽沒後，家家燈火閃爍到他眼前，才頹唐地踱進城去。一進家

門，杏官看見他一身血漬，當然嚇得半晌說不出話來。天錫
不敢說別的，只說在外頭摔了一交，把頭摔破了。杏官少不
了一面罵，一面忙去舀水替他洗頭面手腳，換上衣服，端上
吃的。在放學後，天錫每得在外頭玩到很晚才回家，所以常
是吃完就睡。

　　過了兩天，城裡哄傳玄元觀裡出了命案，引得一般不投
稿的新聞訪員，老的少的，男的女的，都趕出城去看熱鬧。
不到半天工夫，玄元觀直像開了廟會，早有十幾擔賣花生
湯、油炸膾、芝麻糖的排在那裡。廟門口已有幾個兵士把守
住，不許閒人進去。人們把那幾個兵士團團圍住，好像來到
只為看看他們似地。不一會，人們在喝讓道的聲中分出一條
小道，縣長持着手杖和他的公人大搖大擺地來到廟門口。兵
士舉槍立正，行禮，煞是威風。在場有些老百姓看見這種神
氣，恐怕要想自己將來死的時候也得請一位官員來驗屍，才
可以引得許多人來增光閭里。縣長進到後院，用香帕掩着鼻
子，略為問了幾句，仵作照例也報告些死者的狀態。幾個公
人東張西望，其中一個看見離屍首不遠的一個靈柩底蓋板是
斜放着，沒有蓋嚴，便上前去檢驗。他一掀開棺蓋，便看見
裡頭全是軍火，還有許多炸彈，不由嚷了一聲"炸彈呀！"那
縣長是最怕這樣東西的，一聽見他嚷，嚇得扔了手杖，撒開
腿往廟門外直奔，一般民眾見縣長直在人叢中亂竄，也各自
分頭狂奔。有些以為是白日鬧鬼，有些以為是縣長着魔，有
些是莫名其妙，看見人家亂跑，也跟着亂跑一陣。

　　縣長走了很遠。才教幾個公人把他扶住，請他先回衙門

去，再請司令部派軍隊去搜查。原來近幾個月間，縣裡常發見私藏軍火的地方，閭中也找出畫上鐮刀、鐵錘的紅旗。軍政人員也不知道那是代表什麼，見了軍火，只樂得沒收，其餘的都不去理會它們。廟外還是圍滿了群眾，個個都昂着頭，望這裡，望那裡，好像等待什麼奇跡的出現一般。忽聽見遠地嚷着"一二三四"，"一二三四"，帶着整齊的腳音，越來越近。大家知道是兵隊來了，急忙讓道，兵士們進到廟裡，把發現的槍枝炸彈等物分幫運進城裡。

仵作把屍驗完，出到廟門口，圍着他的群眾，忙問死的是什麼人。他把死者模樣、服飾，略略說出，不到片刻工夫都傳開了。當時有一個婦人大啼大哭，闖進廟裡，口裡不住地叫"兒，心肝，肉"她斷定是賊人把她兒子害死，非要把兇手找出來不可。那時兵士們已經回去了。隨着進去看熱鬧的人們中間，有勸她快到縣衙去報案的，有勸她出花紅緝兇的。她哭得死去活來，直說要到小學校去質問校長。公人把她帶到衙門裡，替她寫狀。縣長稍為問了幾句話，便命人送她回家。

好幾天的調查，騷動了全城的人。杏官被校長召去問話，才知道玄元觀的命案與天錫有關，回來細細地問孫子，果然。她立刻帶着天錫去找洋牧師，說明原委。洋牧師勸他自首去，說這事於他一點過失也沒有。杏官想想也是道理，於是忙帶着孫子去找校長，求他做過保證。校長卻勸她不要去惹官廳，一進衙門，是非是鬧不清的，說不定要用三千兩千才能洗刷乾淨，不如先請牧師到衙門去疏通一下，再定辦法。杏官無奈，又去找洋牧師。到了縣衙門，縣長忙把他請到客廳去，一見天錫年紀並不大，不像個兇手，心裡已想不追究，加上天錫自己說明那天的光景，命案一部分的情由就明白了。縣長說他還得細細調查那些軍火是那裡來的，是不是與天錫和他的同學有關。洋牧師當然極力辯論天錫是個好孩子，請縣長由他擔保，隨傳隨到，縣長也就答應了。臨出門時，聽見衙門裡的人說，月來四處的風聲很緊，反對現政府的叛徒到處埋伏，那些軍火當然是他們秘密存貯在那廟裡的。他帶天錫回到杏官家裡，把一切的情形都告訴了她。杏官聽說大亂將到，心裡更加不安，等牧師去後，急急寫了一封信給玉官，問她怎樣打算。

玄元觀發現軍火的事，縣裡雖沒查出什麼頭緒，但杏官聽見街上有人說李建德曾做革命黨，這事又與他女婿有關，莫非就是他運的。事情又湊巧得很，在兵士運回去的軍火當中，發現了有些貼上李字第幾號的字條。他們正在研究這"李"字是什麼意思。天錫被傳到營裡問了好些次，終不能證明他知道其中的底細。誰也不知道那些假棺木是從那裡、在什麼時候停在廟裡，天錫也是偶然和同學到那裡玩，他家裡和常到的地方也沒一點與軍火相關的痕跡。為避禍起見，杏官在神不知鬼不覺的一個早晨，帶着天錫悄悄地離開縣城，到口岸去了。

七

玉官傳教的區域已不像往年那麼平靜，早晚牛羊牟牟於於聲音常從參着軍號戰鼓的雜響。什麼警備令和戒嚴令，一兩個月中總會來幾次。陳總司令退出福建以後，兵隊隨地紮營是好幾年來常見的事。玉官和其他民眾一樣，不加注意。

自從接到杏官報告天錫的事以後，她一心想回城裡去看看，那幾天是她在鄉間佈道的期間，好容易把禮拜天忙過了，想在星期以前趕到錦鯉過夜，第二天一早趕程回家，不料還沒看見大王廟，前路已有幾個行人回頭走。他們說大路上有許多臂纏紅布的兵士把住，無論是誰都不許通行。玉官不得已，只得折回，到一個小村裡。那裡有一家信教的農夫，因為地方不多，他把玉官安置在稻草房裡。她聞着稻草房附近的糞堆和茅廁的氣味已經不大受得住，又加上大大小小的老鼠，穿出竄進像沒理會她也在裡頭似地。她心裡斷定，凡老鼠自由來往的屋裡必定是有鬼的。不過她已得到陳廉防鬼的補術，把《聖經》和《易經》放在身邊，放心躺在稻草上。治鬼雖有妙術，避臭卻無奇方，玉官好容易到夜深了才合得眼睛睡着了。

她在夢中覺得有槍聲和許多人的腳步聲、吵嚷聲，睜開眼已看見離她不遠的稻草已經着了火，她無暇思索那是子彈引的火還是人放的火，扯起衣裙，往外便跑，那時已過夜半，全村都在火光裡照着。她想事情是凶多吉少，不如逃到瓜田邊那座看守棚去躲避一下。棚裡的人已不在，她鑽進去蹲着，心裡非常害怕，閉着眼睛求上帝，睜着眼睛求祖宗。村裡的人聲夾着火焰四處發射，原來一隊臂纏紅布的兵到村裡擄人。村裡的人早就聽聞數年來中國各地"鬧兵"的事情。他們也知道有一種軍隊叫做"土共"，其他還有"紅軍"，"蘇維埃軍"等名目。但土與非土到底有什麼分別，他們說不出來；他們只從行為來判斷，凡是焚掠村莊，擄人勒索，不顧群眾的安全與利益行為和強盜一般的，他們便叫那些人做土共。這次來的大概也是土共，因為他們在村裡足足擄掠了一夜。玉官在棚裡沒敢閉眼睛，直等到天亮。看守棚只是一片竹篷罩成的一個圓穹，兩頭沒什麼遮攔，她若不出來，往來的人必要看見她。她想，還是趕回錦鯉去再作計較，可是走不多遠，就被幾個開路先鋒斷道無帥攔住。

她成了那隊戴黑帽纏紅布的軍隊的俘虜，被送到另一個村裡。被擄來的婦女都聚在一處，有許多是玉官認識的。紛亂了幾天，各人都派上一種工作。所謂工作是浣洗，縫補，炊煮等等。玉官是專管縫補的。那隊人馬的破衣爛帽特別多，把她兩隻手忙得發顫，到連針也拿得像銅柱一樣重才勉強歇，這樣的生活於她算是破天荒第一遭。自從當了傳教士以後，她的生活的單調，天天循規蹈矩地生活着，沒人催促她，也沒人監視她。如今卻是相反，生活直如囚徒一般。她懷念着在外國的兒子和城裡的小孫，又想到不曉得什麼時候才能脫離這場大難。她沒有別的方法，流出幾行淚就當安慰了自己。

有十幾天的工夫在村外開了仗。纏紅布的人們被打死了不少。他們退到村裡，把輕重及其他一切貨寶忽忙地收拾起來，齊向村後二十多里的密林退卻。村中的男女丁口，馬牛羊雞犬豕，能帶的也都得跟着他們走，一時人畜的號叫聲響入雲際，因為誰也不願意他們做這樣危險的旅行，可也沒法擺脫。全村頓然顯得像死寂的廢墟，所剩的只有十幾個老公公老婆婆，嬰孩能走路也得隨着走，在懷抱的就由各人母親決斷，不能帶或不願帶的可以扔在路邊，或留在村裡。受傷的戰士走不動的也被打死，因為怕被敵方擄去受刑逼供。

　　走了七八里路，隊長忽然發現一張非常重要的地圖和一本編號名冊留在村裡被打死的一個領隊的身上。那是最重要的文件，絕對不能遺失，更不能落在敵人手裡。隊長要一個男人和一個女人扮成夫婦回去搜尋。玉官早想找機會逃脫，便即自告奮勇。她説，她認識幾條小捷徑，可以很迅速回來。同行的男子是"老同志"，一路監視着玉官，半步也不肯放鬆，從小道走果然很快就到了村外。那時官兵還沒來到，但隔着籬笆，那人已聽見村裡那幾個剩下的老人在罵他們是土匪，官兵一來要怎樣做他們的引導。玉官於是教那人就在竹蔭底下等着，怕他進去不方便。那人把死者記在臂上的號數告訴她，由她自己進去。玉官本來是想一進村裡便躲起來的，繼而想到那人身邊有槍，若等急了，必會自己進來，豈不又是血鬥？她於是按着號數找尋，果然在路邊一具屍首的衣袋裡找出他們所要的文件。那時全村只是臥着凌亂的屍體和破碎的軍需品，各家的門戶都關得嚴嚴地。玉官在道上來回走了些時候，也沒見人。她帶着文件到林底下，交

給那人，教他飛步向前走，說她走不動，隨後跟着來。那人得着地圖名冊也自很滿足，不顧一切地撒開腿便跑。玉官見那人走遠了，且自回到村裡。她想，那裡不能久停，於是沿着田邊的小徑，向着錦鯉社投奔。

她那一雙改組派的尖長腳，要手裡的洋傘來扶持才能放步的，如今還得在小徑上跋涉，所以更顯得蹣跚可憐。好容易走到社口，又被兩個灰衣軍士攔住。他們不由分說，把她帶到營長帳前。營長便命把她發落，顏色好像大失所望。他們都是外省人，說的話，玉官一句也不懂。兩個兵士把她領到一間大屋子裡，她認得是社裡祠堂後院的廂房，那前院還有兵一小隊駐紮着，她對二人說，是住在巷尾那間福音堂裡，但說來說去，都說不清。他們也不懂得她的話，在屋裡已有八九個女人，有在一邊啼哭的，有坐着發楞的，也有些像不很關心的。玉官想着，這大概也是拉來替兵士們縫補衣服的罷。

原來在用武之地，軍隊的紀律若是差一點，必有兩件事情是他們盡先要辦的：第一件是點點當地有多少糧食，第二是數數有多少婦女。沒有糧食和婦女，仗是不能打的，幾個婦女一見玉官進來都圍着她哭，要她搭救。玉官在那裡工作那麼些年，自然個個認得，但她也是女子，自己也沒把握。前些日子在那一村被逮的時候，她也承認過自己是教徒，結果是被打了幾個耳光，被罵了幾句"帝國主義走狗"，所以對於用教會的名義，她有點膽怯。婦女當中有一個是由玉官引進教的，反勸玉官在危難時不要捨棄她的上帝。她從袖裡取出一本《聖經》交給玉官，說她出來的時候什麼都沒有帶，就帶着那本書，請她翻開選一兩節給大家講講。這話打中了玉官的心坎，於是從她手裡把《聖經》接過來，自己慎重地唸了幾遍。

　　黃昏過後，各人啖了些粥水。玉官便要大家開始唱聖詩，祈禱，她翻開群眾中惟一的《聖經》，揀出一章來唸，一時全屋裡顯得很嚴肅。她越講越起勁，勸大家要鎮定，不要臨難慌張，好像大家都預備着見危授命的神情。玉官自己也覺得剛強起來，心裡想着所信的教也是常教人為義捨命。她講過又唱，唱完又解，解完又祈禱，覺得大家像在當日羅馬的鬥場等待野獸來吃她們一般。這樣把時間嚴肅地磨了幾點鐘。大約在九點鐘後，幾個兵士推進門來，就像餓虎撲食一般，個個動手來拉婦人們，笑嘻嘻地要往門外走。玉官因為挨着牆站着，沒等來抓她便嚷起來。她叫所有的人停住，講了一片"人都是兄弟姊妹，要彼此相愛，不得無禮"的道理。兵士中雖有一兩個懂得本地話，但多數是聽不明白，不過教堂聚會的儀式，他們是知道的。其中還有曾在別處的教堂聽過好些次道理的。玉官叫一個懂話的人同她傳譯，說得非常誠懇。她告訴他們淫掠是人間最大的罪惡。她告訴他們在教會裡男女都是兄弟姊妹。她告訴他們凡動蠻力必死蠻力之下。她告訴他們，她們隨時可以捨命。許多許多好教訓都從她口裡瀉出，好像翻開一部宗教倫理大辭書一般。她也莫名其妙，越說越像有像舌頭的火焰在身體裡頭燃燒着。那班兵士不知不覺地個個都鬆了手，把女人們放開。玉官又教大

家都坐下，把本國傳統的陰陽哲學如“敬祖利人是種福給子
孫”、“淫人妻女自己妻女也淫於人”的話說了一大套。有
些話沾染了新思想的說“飲食男女”原是本能，男子動起情
慾來要女子，也和餓的時候動起食慾要吃一般。玉官又開導
他們說，那原是不錯，只是吃也得吃得合乎正義；殺人來吃
固然不成，就是搶人所有的來吃，也是自私自利，不能算是
正大光明的吃法。要女人是應該的，不過用強迫的手段，將
來必要受報應的。兵士們本是要來取樂的，在聽玉官起頭教
訓他們的時候，有些還說他們是來找開心，不是來教堂禮
拜，可是十幾分鐘以後，他們越聽越入耳，終於大家坐下，
聽着玉官和那些女教友唱詩。玉官教那些女人都叫兵士們做
兄弟，也教兵士們叫她們為姊妹。還允許他們隨時可以來談
話。他們來要她們做什麼都成，就是不許無禮。有什麼要縫
補的，她們也樂意服勞。同時又勸他們也感化他們的同伴，
不要來騷擾。正在大受感動的時候，又有另一批的兵士進
來，說他們等得太久了，屋裡那班受感化的兵士便叫他們也
坐下，經過幾乎動武的階段，情形也和緩下去了。知道他們
外面還有人等着，索性把門關起來，保護着那幾個女人。果
然門外不斷敲門帶罵的聲音。門裡的兵士成排站起來，把門
頂住。亂了一夜，雞已啼了。玉官教兵士們回帳幕去，又教
其中的小頭目去見營長，請他出一個不許姦淫婦女的手令。
這事也不用經過什麼困難就辦到了。玉官想危險期已經過
去。於是教同伴的婦女們隨便休息。她心想昨夜就像遇見
鬼，平時她想着《易經》的功效可以治死鬼，如今她卻想着

《新舊約聖書》倒可以治活鬼。她切意祈禱感謝了一回，也自躺下歇息。

祠堂的前門雖然有兵把着，但後門是常關着的，從後門的夾道轉過一條小巷便是福音堂。玉官那裡睡得着，她在想着黃昏一到，萬一兵士們變了卦，那時怎辦？她生來本是聰明，忽然便想起開了後門，帶着那班婦女逃到那豎起外國旗的教堂裡。鄉下的教堂就像洋道台衙門，誰敢胡亂撞進去？她立刻把意思告訴屋裡的人，大家便抖擻起精神，先教玉官去把後門打開，然後回來領導她們。她把後門倒扣好，前門站崗的士兵還不知道。一進到福音堂便把大門關起，如約教看門的到營盤裡問問有衣服要縫補的沒有，說婦女們都在福音堂裡。

她們在教堂裡安住了七八天，兵士沒敢去作非法的騷擾，可是拿衣服去縫補的和到堂裡談道的也不少。玉官惦念她的孫子，想着家裡的人知道她被土共擄去，一定也很懸念，便向眾婦女辭別，把保護的責任交給住在福音堂裡的職員。她出了村門，經過大王廟，見廟口一個哨兵在那裡踱來踱去，她給哨兵打個招呼，那兵已經知道她是社裡的女教士，也沒上前盤問她。過了橋，慢踱到鎮上，偶然想起陳廉許久沒相見了。一打聽，才知道前些日子鬧共的時候，他把肉店收起來，帶着老本"過番"去了。過番是到南洋去的意思。鎮裡的人告訴她說陳廉沒留下地址，只知道他是往婆羅洲的一個埠頭去。玉官本來懷疑陳廉便是金杏的男人，想把事由向他說明，希望他回家完聚的；如今聽見他出洋去了，

心裡卻為金杏難過，因為她幾乎得着他，又丟失了他。莫名
其妙的失意，伴着她慢慢地在大道上走着。

八

　　城裡的風聲比郊外更緊，許多殷實的住戶都預先知道大
亂將至，遷避到別處去。玉官回到家門，見門已倒扣起來，
便往教堂去打聽究竟。看堂的把鑰匙交給她，說金杏早已同
天錫到通商口岸避亂去了。看堂的還告訴她，城裡有些人傳
她失蹤，也有些說她被殺的。她只得暫時回家歇息，再作計
較。

　　不到幾天工夫，官兵從錦鯉一帶退回城中。再過幾天，
又不知退到那裡去，那纏紅布的兵隊沒有耗費一顆子彈安然
地佔領了城郊一帶的土地。民眾說起來，也變得真快，在四
十八點鐘內，滿城都是紅旗招展，街上有宣傳隊、服務隊、
保衛隊等等。於是投機的地痞和學棍們都講起全民革命，不
成腔調的國際歌，也從他們口裡唱出來了。這班新興的或小
一號的土劣把老字號的土劣結果了不少，可以說是稍快人
心。但是一般民眾的愉快還沒達到盡頭，憤恨又接着發生出
來。他們不願意把房契交出，也不懂得聽"把群眾組織起
來"，"擁護蘇軍"，這一類的話。不過願意儘管不願意，
不懂儘管不懂，房契一樣地要交出來，組織還得去組織。全
城的男子都派上了工作，據他們說是更基本的，然而門道甚
多，難以遍舉。

　　因為婦女都有特殊工作，城中許多女人能逃的早已逃走了。玉官澹定一點，沒往別處去，當然也被徵到婦女工作的地方去。她一進門便被那守門的兵士向上官告發，説她是前次在錦鯉社通敵逃走的罪犯。領隊的不由分訴便把她送到司令部去。玉官用她的利嘴來為自己辯護，才落得一個遊街示眾的刑罰。自從在錦鯉那一夜用道理感化那班兵士以後，她深信她的上帝能夠保護她，一聽見要把她遊刑，心裡反為坦然，毫無畏懼。當下司令部的同志們把一頂圓錐形的紙帽子戴在她頭上，一件用麻布口袋改造的背心套在她身上。紙帽上畫着十字架，兩邊各寫一行“帝國主義走狗”，背心上的裝飾也是如此。“帝國主義走狗”是另一宗教的六字真言，玉官當然不懂得其中的奧旨。她在道上，心裡想着這是侮辱她的信仰，她自己是清白的。她低着頭任人擁着她，隨着她，與圍着她的人們侮辱。心裡只想着她自己的事。她想，自己現在已經過了五十，建德已經留學好些年，也已三十六七了，不久回來，便可以替她工作，她便可以歇息。想到極樂處，無意喊出“啊哩流也”，把守兵嚇了一跳，以為她是罵人，伸出手來就給她一巴掌。挨打是她日來嗜慣的，所以她沒有顯出特別痛楚，反而喊了幾聲“啊哩流也”！

　　第二天的遊刑剛要開始，一出衙門口便接到特赦的命令，玉官被釋，心境仍如昨天的光景，帶着一副腫臉和一雙乏腿慢慢地踱回家。家裡，什麼東西都被人搬走了。滿地的樹葉和搬剩的破爛東西，她也不去理會，只是急忙地走進廳中，仰望見樑上，那些神主還在懸着，一口氣才喘出來。在牆邊，只剩下兩條合起來一共五條腿的板凳。她搖搖頭，嘆了一口氣，趕緊到廚房灶下，掀開一塊破磚，伸手進去，把兩個大撲滿掏了出來，臉上才顯着欣慰的樣子。她要再伸手進去，忽然暈倒在地上。

不曉得經過多少時間，玉官才從昏矇中醒過來。她又渴又餓，兩腳又乏到動不得，便就爬到缸邊掏了一掏水送到口裡，又靠在缸邊一會，然後站起來。到米甕邊，掀開蓋子一看，只剩下一點黏在缸底邊的糠。掛在窗口的，還有兩三條半乾的蔥和一顆大蒜頭。在壁櫥裡，她取出一個舊餅乾盒，蓋是沒有了，盒裡還有些老鼠吃過的餅屑。此外什麼都沒有了。她吃了些餅屑，覺得氣力漸漸復原，於是又到灶邊，打破了一個撲滿，把其餘的仍舊放回原處。她把錢數好，放在灶頭，再去舀了一盆水洗臉，打算上街買一點東西吃。走到院子，見地上留着一封信，她以為是她兒子建德寫來的，不由得滿心歡喜，俯着身子去撿起來。正要拆開看時，聽見門外有人很急地叫着"嫂嫂，嫂嫂"。

玉官把信揣在懷裡，忙着出去答應時，那人已跨過門檻踏進來。她見那人是穿一身黑布軍服，臂上纏着一條紅布徽識，頭上戴着一頂土製的軍帽，手裡拿着一包東西。楞了一會，她才問他是幹什麼，來找的是誰。那人現出笑容，表示他沒有惡意，一面邁步到堂上，一面說他就是當年的小叔子李糞掃，可是他現在的官名是李慕寧了。他說他現在是蘇區政府的重要職員，昨天晚上剛到，就打聽她的下落，早晨的特赦還是他講的人情。玉官只有說些感激的話。她心裡存着許多事情要問他，一時也不知道從何處提起。她請慕寧坐在那條三腳板凳上，聲明過那是她家裡剩下最好的傢具。問起他"蘇區政府"是什麼意思，他可說得天花亂墜，什麼共產主義、馬克思主義、唯物史觀，一套一套地搬，從玉官一句也聽不懂的情形看來，他也許已經成為半個文人或完全學者。但她心裡想這恐怕又是另一種洋教。其實慕寧也不是真懂得，除了幾個名詞以外，政治經濟的奧義，大概也是一知半解。玉官不配與他談論那關係國家大計的政論，他也不配與玉官解說，話門當然要從另一方面開展。慕寧在過去三十多年所經歷的事情也不少，還是報告報告自己的事比較能着邊際。他把手裡那一包東西遞給玉官，說是吃的東西。玉官接過來，打開一看，原來是鄉下某地最有名的"馬蹄酥"。她一連就吃了二十個，心裡非常感激。她覺得小叔子的人情世故比以前懂得透徹，談吐也不粗魯，真想不到人世能把他磨練到這步田地。

玉官並沒敢問他當日把杏官的女兒雅麗抱到那裡去，倒是他自己一五一十地說了些。他說在蘇松太道台衙門裡當差以後，又被保送到直隸將弁學堂去當學生。畢業後便隨着一個標統做了許久的哨官。革命後跟着人入這黨，入那黨，倒這個，倒那個，至終也倒了自己，壓碎自己的地盤。無可奈何改了一個名字，又是一個名字，不曉得經過多少次，才入深山組織政府。這次他便是從山裡出來，與從錦鯉的同志在城裡會師，同出發到別處去。他說"紅軍"的名目於他最合適。於是採用了。其實是彼此絕不相干，這也是所謂土共的

由來。

雅麗的下落又怎樣？慕寧也很爽直，一起給她報告出來。他說，在革命前不久，那位老道台才由糧道又調任海關道，很發了些財。他有時也用叔叔的名義去看雅麗，所以兩家還有些來往。革命後，那老道台就在上海搖身一變而成亡國遺老。他呢，也是搖身一變，變成一個不入八分的開國元勳。亡國遺老與開國元勳照例當有產業置在租借地或租界裏頭，照便應有金鎊錢票存在外國銀行裏頭。初時慕寧有這些，經不起她幾次的查抄與沒收，弄得他到現在要回到民間去。至於雅麗的義父，是過着安定的日子。他們沒有親生的女子，兩個老夫婦只守着她，愛護備至。雅麗從小就在上海入學。她的義父是崇拜西洋文明不過的人，非要她專學英文不可。她在那間教會辦的女學堂，果然學得滿口洋話，滿身外國習氣，吃要吃外國的，穿要穿外國的，用要用外國的，好像外國教會與洋行訂過合同一般，教會學堂做廣告，洋行賣現貨。慕寧說，在他丟了地盤回到南方以前，那老道台便去世了，一大樁的財產在老太太手裏，將來自然也是女兒的。雅麗在畢業後便到美國去留學。此後的事情，也就不知道了。他只知道她從小就不叫雅麗，在洋學堂裏換的怪名字，他也叫不上來。他又告訴玉官，切不可把雅麗的下落說給杏官知道，因為她知道她的幸福就全消失了。他也不要玉官告訴杏官說李慕寧便是從前糞掃的化身。他心裏想着到雅麗承受那幾萬財產的時候，他也可以用叔叔的名義，問她要一萬八千使使。

　　玉官問他這麼些年當然已經有了弟婦和侄兒女。慕寧搖搖頭像是說沒有，可又接着說他那年在河南的時候曾娶過一個太太。女人們是最喜歡打聽別人的家世的，玉官當然要問那位孀子是什麼人家的女兒。慕寧回答說她父親是一個農人，欠下公教會的錢，連本帶利算起，就使他把二十幾畝地變賣盡了也不夠還。放重利的神父卻是個慈善家，他許這老農和全家人入教，便可以捐免了他的債。老頭子不得已入了教。不過祖先的墳墓就在自己的田地裡，入教以後，就不像以前那麼拜法，覺得怪對祖先不起的。在禮拜的時候，神父教他唸天主經，他記不得，每用太陽經來替代。有一次給神父發現了，說了他一頓。但他至終不明白為什麼太陽經唸不得。又每進教堂，神父教他“領聖體”的時候，都使他想不透一塊薄薄的餅，不甜，不辣，一經過神父口中唸唸咒語，便立刻化成神肉，教他閉着眼睛，把那塊神秘的神肉塞進他口裡的神妙意義。他覺得這是當面撒謊，因而疑心神父什麼特別作用，是要在他死後把他的眼睛或心肝挖去做洋藥材呢？或是要把他的魂魄勾掉呢？他越想越疑心那象徵的吃人肉行為一定更有深義存在，不然為什麼肯白白免了他幾百塊錢的債？他越想越怕，寧願把一個女兒變賣了來還債。於是這件事情輾轉遊行到慕寧的軍營。他是個長官，當然討得起一個老婆，何況情形又那麼可憐，便花了三百塊錢財禮，娶了大姑娘過來當太太。他說他老丈人萬萬感激他，當他是大恩人，不敢看他是女婿。革命後還隨他上了幾任，享過些時老福，可惜前幾年太太死了，老頭子也跟着鬱鬱而亡。太

太也沒生過一男半女，所以現在還是個老鰥。

玉官問他的軍隊中人為什麼反對宗教，沒收入家的財產。慕寧便又照他常從反對宗教書報中摘出的那套老話複述一遍。他說，近代的評論都以為基督教是建立在一個非常貧弱而不合理的神學基礎上，專靠着保守的慣例與嚴格的組織來維持它的勢力。人們不願意思想，便隨着慣例與組織漂蕩。這於新政治、社會、經濟等的設施是很大的阻礙，所以不能不反對，何況它還有別的勢力夾在裡頭。玉官雖然不以為然，可也沒話辯駁。他又告訴玉官他們計劃攻打這附近的城邑已經很久，常從口岸把軍火放在棺材裡運到山裡去。前些日子，有一批在玄元觀被發現了，教他們損失了好些軍實。他又說，不久他們又要出發到一個更重要的地方去。這是微露他們守不住這個城市和過幾天附近會有大戰的意思。他站起來，與玉官告辭，說他就住在司令部裡，以後有工夫必要常來看她。

把慕寧送出門之後，玉官從口袋裡掏出那封信，拆開一看，原來不是建德的，乃是杏官從鷺埠的租界寄來的。信裡告訴她說天錫從樓上摔到地下，把腰骨摔斷了。醫生說情形很危險，教她立刻去照料。金杏寄信來的時候，大概不知道玉官正在受磨折。那封信好像是在她被逮的那一天到的。事情已經過了三四天，玉官想着幾乎又暈過去了，逃得災來遭了殃。她沒敢埋怨天地，可是斷定這是鬼魔相纏。

她顧不了許多，摒擋一切，趕到杏官寓所，一進門，便暈倒在地上。杏官急忙把她扶起來，看她沒有什麼氣力，覺得她的病很厲害，也就送她到醫院去。

　　忽忽地一個月又過去了。鄉間還在亂着，從報章上，知李慕寧已經陣亡，玉官為這事暗地裡也滴了幾滴淚。她同天錫雖然出了醫院，一時也不能回到老家去，只在杏官家裡暫時住下。天錫的腰骨是不能復原的了，常常得用鐵背心束着。這時她只盼着得到建德回國的信，天天到傳教會的辦事處去打聽，什麼事情都不介意。這樣走了十幾天，果然有消息了。洋牧師不很高興，可也不能不安慰玉官。他說建德已經回來了，現在要往南京供職，不能回鄉看望大家。玉官以為是教會派她兒子到那麼遠去，便埋怨教會不在事前與她商量。洋牧師解釋他們並沒派建德到南京去，他們還是盼着他回來主持城裡的教會，不過不曉得他得了誰的幫助，把教會這些年來資助他的學費連本帶利，一概還清。他寫了一封很懇切的信，說他的興趣改變了，他的人生觀改變了，他現在要做官。學神學的可以做官，真不能不讚嘆洋教育是萬能萬通。玉官早也知道她兒子的興趣不在教會，她從那一年的革命運動早已看出，不過為履行牧師營救的條件，他不能不勉強學他所不感到興趣的學科。她自然也是心裡暗喜，因為兒子能得一官半職本來也是她的希望。洋牧師雖然說得建德多麼對不住教會，發了許多許多的牢騷，她卻沒有一句為兒子抱歉的話說出來，反問她兒子現在是薪金多少，當什麼官職。洋牧師只道他的外國官名，中國名稱他的本地話先生沒教過，所以說不出來。他只說是管地方事情的地方官。然而地方官當然是管地方事情的，到底是個什麼官呢？牧師也解

不清，他只將建德的英文信中所寫出的官職指出給她看。

從那次夏令會以後，建德與安妮往來越密。安妮不喜歡他回國當牧師，屢次勸他改行。她家與許多政治當局有裙帶關係，甚至有些還在用着她家的錢。只要她一開口，什麼差使都可以委得出來。好在建德也很自量，他不敢求大職務，只要一個關於經濟的委員會裡服務，月薪是二百元左右。這比當傳教士的收入要多出三分之二。不過物質的收穫，於他並不算首要，他的最重要的責任是聽安妮的話。安妮在他身上很有統制的力量。這力量能鎮壓母親的慈愛，教會的恩惠。她替建德還清歷年所用教會的費用，不但還利，並且捐了一筆大款修蓋禮拜堂。她並不信教，更使建德覺得他是被贖出來的奴隸。他以為除掉與她結婚以外，再也沒有其他更好的報答。但這意見，兩方都還未曾提起。

玉官不久也被建德接到南京去了。她把家鄉的房子交給杏官管理，身邊帶着幾隻衣箱和久懸在樑上的神主，並殘廢的天錫。她以為兒子得着官職，都是安妮的力量，加以對於教會償還和捐出許多錢，更使她感激安妮的慷慨，雖然沒見過面，卻已愛上了她。建德見他兒子老穿着一件鐵背心，要扶着拐棍才能走路，動彈一點也不活潑，心裡總有一點不高興，老埋怨着他的丈母沒有用心調護。玉官的身體，自從變亂受了磨折，心臟病時發時癒。她在平時精神還好，但不能過勞，否則心跳得很厲害。建德對於母親是格外地敬愛，一切進項都歸她保管，家裡的一切都歸她調度。生活雖然富裕，她還是那麼瑣碎，廚房、臥房、浴室、天井，沒有一件她不親自料理。她比家裡兩個傭人做的還要認真。不到三個月，已經換了六次廚師傅，四次娘姨。他們都嫌老太太厲害，做不下去。

母子同住在一間洋房裡，倒也樂融融地。玉官一見建德從衙門回來，心裡有時也會想起雅言。在天朗氣清的時候，她也會憶起那死媳婦所做的一兩件稱心意的事，因而感嘆起來，甚至於掉淚。兒子的續弦問題同時也縈迴在她心裡。好幾次想問他個詳細，總沒能得着建德確實意見，他只告訴她安妮的父親是清朝的官，已經去世了。她家下有一個母親，並無兄弟姊妹，財產卻是不少，單就上海的地產就值得百萬。玉官自然願意兒子與安妮結婚，她一想起來自己便微微地笑，愉快的血液在她體內流行，使她幾乎禁不起。建德常對她母親說，安妮是個頂愛自由的女子，本來她可以與他一起回國，只因她還沒有見過北冰洋和極光，想在天氣熱一點的時節，從加拿大去買一艘甲板船到那裡去，過了冬天才回來。他們的事要等她回來才能知道，她沒有意思要嫁給人也說不定。

平平淡淡地又過了一年。殘春過去，已入初夏，安妮果然來電說她已經動身回國。日子算好了，建德便到上海去接她，就住在家裡。在那裡逗留了好幾天，建德向她求婚，她不用考慮便點了頭。她走進去，拿出從外洋買回來的結婚頭紗來給建德看，說她早已預備着聽他說出求婚的話。他們心中彼此默印了一會，才坐下商量結婚的時日、地點、儀式等等。安妮的主張便是大家的主張，這是當然的理。她把結婚

那天願意辦的事都安排停當，最後談到婚後生活，安妮主張
與玉官分居，她是一個小家庭的景慕者。

　　他們在上海辦些婚儀上應備的東西。安妮發現了她從外
洋帶回來的頭紗還比不上上海市上所賣的那麼時派，這大概
是她在北冰洋的旅行太過長久，來不及看見新式貨物。她不
遲疑地又買十一條。她又強邀建德到那最上等的洋服店去做
一套大禮服，所費幾乎等於他的兩個月薪俸。足足忙了幾
天，才放建德回南京去。

　　玉官知道兒子已經決定要向安妮結婚，愉快的心情頓然
增長。可是在她最興奮的時候建德才把婚後與她分居的話說
出來。老太太一聽便氣得十指緊縮，一時說不出什麼話，一
副失望的神情又浮露在她臉上。她想，這也許是受革命潮流
的影響。她先前的意識以為革命是：換一個政府；換一樣裝
束；以後世故閱歷深，又想革命是：換一個夫人或一個先
生。但是現在更進一步了，連“糟糠”的母親，也得換一個。
她猜想建德在結婚以後要與他的丈母同住，心裡已十分不
平；建德又提到結婚的日期和地點，更使她覺得兒子凡事沒
與她商量，因為他們預定行禮的一天是建德的父親的忌日。
這一點因為陽曆與陰曆的相差，建德當然是不會記得，而且
他家的祭忌至終是由玉官一人秘密地舉行。玉官要他們改個
日子。建德說那日子是安妮擇的，因為那天是她的生日。至
於在上海行禮是因女家親朋多，體面大，不能不將就。這
也不能使玉官十分滿意。她連嘆了幾口氣，眼淚隨着滴下
來，回到房中，躺在床上，口中喃喃，不曉得喃些什麼。

　　婚禮至終是按着預定的時間與地點舉行。玉官在家只請出她丈夫的神主來，安在中堂，整整地哭了半天。一事不如意，事事都彆扭，她悶坐在廳邊發楞，好像全個世界都在反抗她。

　　第二天建德同新娘回來了。他把安妮介紹給他母親。母親非要她披起頭紗來對她行最敬禮不可。她的理由是從前她做新娘時候，鳳冠蟒襖總要穿戴三天。建德第一次結婚，一因家貧，儀文不能具備，二因在教堂行禮沒有許多繁文禮節。現在的光景可不同了，建德已是做了官，應該排場排場。她卻沒理會洋派婚禮，一切完蛋糕分給賀客吃了之後，馬上就把頭紗除去，就是第二次結婚也未必再戴上它。建德給老太太講理，越講越使老人家不明白，不得已便求安妮順從這一次，省得她老人家啼啼哭地。安妮只得穿上一身銀色禮服，披起一條雪白的紗。紗是一份在身上兩份在地上拖着。這在玉官眼裡簡直不順。她身上一點顏色都沒有，直像一個沒着色的江西瓷人。玉官嫌白色不吉祥，最低限度，她也得披一條粉紅紗出來。她在鄉下見人披過粉紅紗，以為這是有例可援。什麼吉祥不吉祥且不用管，粉紅紗壓根兒就沒有。安妮索性把頭紗禮服都卸下來，回到房中生氣，用外國話發牢騷。老太太也是一天沒吃飯。她埋怨政府沒規定一種婚禮必用的大紅禮服，以致有這忤逆的行為。她希望政府宣佈凡是學洋派披白頭紗，不穿紅禮服的都不能算為合法的結婚。

　　第三天新婚夫婦要學人到廬山去度蜜月，安妮勉強出來

與玉官辭行。玉官昨天沒把她看得真，這次出門，她雖鼓着腮，眼睛卻盯在安妮臉上。她覺得安妮有許多地方與雅言相彷彿，可是打扮得比誰都妖艷得多。在他們出門以後，老太太的氣也漸漸平了。她想兒子和媳婦到底是自己的孩子們，意見不一致，也犯不上與他們賭氣。她這樣想，立時從心裡高興，喜容浮露出來。她把自己的臥房讓出來，叫匠人來，把門窗牆壁修飾得儼然像一間新房。屋裡的傢俬，她也為他們辦妥。她完全是照着老辦法，除去新房以外，別的屋子都是照舊，一滴灰水也沒加上。

九

半個月以後，一對夫婦回來了。安妮一進屋裡，便嫌傢具村氣太重，牆壁的顏色也不對。走到客廳，說客廳不時髦；走到廚房，嫌廚房不乾淨；走到那裡，挑剔到那裡。玉官只想往好裡做，可是越做越討嫌，至終決意不管，讓安妮自己去佈置。安妮把玉官安置在近廚房的小房間，建德覺得過意不去，但也沒法敎安妮不這樣辦，因為原來說定婚後是要分居的。

安妮不但不喜歡玉官，並也不喜歡天錫。玉官在幾個月來仔細地打聽安妮的來歷，懷疑她便是那年被小叔子抱走的雅麗；屢次要告訴她，那是她的骨肉，至終沒有勇氣說出來。婆媳的感情一向不曾有過，有時兩人一天面對面坐着，彼此不說話。安妮對建德老是說洋話，玉官一句也聽不懂。

玉官對建德説的是家鄉話，安妮也是一竅不通。兩人的互相猜疑從這事由可以想像得出來。最使玉官不高興的是安妮要管家。為這事情，安妮常用那副像掛在孝陵裡的明太祖御容向着玉官。建德的入款以前是交給老太太的，自從結婚以後，依老太太的意見仍以由她管理為是。她以為別的都可退讓，惟獨叫她不理家事做閑人，她就斷斷不依。安妮只許給她每月幾塊錢零用，使她覺得這是大逆不道。她心想，縱然兒子因她的關係做了"黨戚"，也不該這樣待遇家長。

　　安妮越來越感覺到不能與老太太同住，時時催建德搬家。她常對丈夫罵老太太這"老蟑螂"，耗費食物討人嫌。老太太在一個人地生疏的地方，縱然要把委屈訴給人聽，也沒有可訴的。她到教堂去，教友不懂她的話；找牧師，牧師也不能為她出什麼主意，只勸她順應時代的潮流，將就一點。她氣得連教堂都不去了。她想她所信的神也許是睡着了，不然為什麼容孩子們這麼猖狂。

　　還有一件事使玉官不愉快的，她要建德向政府請求一個好像"懷清望峻"一類的匾額，用來旌表寡婦的。建德在衙門，才幹雖然平常，辦事卻很穩健。他想旌表節婦的時代已經過去了。玉官屢次對他要求找一個門徑，他總説不行。無論他怎麼解釋，玉官都覺得兒子沒盡心去辦。這樣使她對於建德也不喜歡。但是建德以為他父親為國捐軀，再也沒有更光榮的，母親實在也沒有完全盡了撫孤成人的任勞。因此母子的意見，越來越相左。

　　安妮每天出去找房子，玉官只坐在屋裡出神。她回想自

守寡以來，所有的行為雖是為兒子的成功，歸根，還是自私的。她幾十年來的傳教生活，一向都如"賣瓷器的用破碗"一般，自己沒享受過教訓的利益。在這時候，她忽然覺悟到這一點，立刻站起來，像在她生活裡找出一件無價寶一般。她覺得在初寡時，她小叔子對她說的話是對的。她覺得從前的守節是為虛榮，從前的傳教是近於虛偽，目前的痛苦是以前種種的自然結果。她要回鄉去真正做她的傳教生活。不過她先要懺悔。她至少要為人做一件好事。在她心裡打定了一個主意。

她要離開她兒子那一天，沒有別的話，只對他說她沒對不住他。以後她所做的一切還是要為他的福利着想。兒子不知道她是什麼意思，漫敷衍她幾句便到衙門去了。兒媳婦是忙着找房子，一早便出門。她把幾座神主包裹停當，放在桌上，留下一封信，便帶着天錫，悄悄地到下關車站去。

✝

回到家鄉，教會仍然派她到錦鯉去。這次她可不做傳教工作了，因為上了年紀的人，不能多走路，所以教會就派她做那裡的小學校長。天錫與她住在一起，她很注意教育他。杏官在城裡住，反感覺到孤寂，每常寫信要天錫去住幾天。

玉官每要把她對於安妮便是雅麗的懷疑說給杏官知道，卻又防着萬一不對，倒要惹出是非來。她想好在她的小叔子也死掉了，若她不說，再也沒有知道這事的人，於是索性把話攔住。她覺得年來的工作非常有興趣，不像從前那麼多罣慮。教會雖然不理會這個，她心裡卻很明白現在是為事情而做事情，並不要求什麼。建德間中也有信寄回來，有時還給她捎錢來。這個使她更喜歡。她把財物都放在發展學校的事業上頭。認識她的都非常地誇讚她，但她每說這是她的懺悔行為。

　　兩三年的時間就在忙中消失了。玉官辦的學校越發發達，致她累得舊病不時發作，不得不求杏官來幫助她。杏官本也感覺非常寂寞，老親家同在一起倒可以解除煩悶。她把城裡的房子連同玉官的都交給了教會管理，所得的租金也充做學校經費。那錦鯉小學簡直就是她們辦的。

　　地方漸次平靜，村裡也恢復了像從前一般的景況，只是短了一個陳廉。一想起他，玉官也是要對杏官說的，可是他現在在南洋什麼地方，她也不知道。她只記着當時他是往婆羅洲去的，就是說出來也未必有用。在朝雲初散或晚煙才濃的時候，她有時會到社外的大王廟那被她常坐的樹根上少坐，憶想當年與陳廉談話的情景。衰年人的心境仍如少年，一點也沒改變，仍然可以在回憶中感到愉悅。

　　錦鯉幾個鄉人偶然談起玉官的工作，其中有人想起她在那裡的年數不少，在變亂的時候，她又護衛了許多婦女，便要湊份子給她做生日，藉此感謝她。這意思不到幾天，連鄰鄉都知道了。教會看見大家那麼誠意，不便不理會，於是也發起給她舉行一個服務滿四十年的紀念會。村莊的人本是愛熱鬧的，一聽要給玉官做壽，開紀念會，大家都很興奮，在很短的期間已湊合了好幾百元。玉官這時是無心無意地，反勸大家不要為她破費精神和金錢。她說，她的工作是應當做的，從前她的錯誤就是在貪求報酬，而所得的只是失望和苦惱。她現在才知道不求報酬的工作，才是有價值的，大眾若是得着利益就是她的榮耀了。話雖如此說，大家都不聽她的，一時把全個村莊佈置起來。

傳道先生對大眾說既然有那麼些錢，可以預備一件比較永久留念的東西。有些人提議在社外給她立一座碑，有些說牌坊比較堂皇。玉官自己的意思是要用來發展學校，杏官知道她近年對於名譽也不介意，沒十分慫恿她。她只寫信給建德，說他母親在鄉間如何受人愛戴，要給一點東西來紀念她。建德接信以後，立刻寄五千元，還說到時候他必與安妮回來參加那盛典。

玉官知道建德要回來，心裡的愉快比受那五千元還要多萬萬倍。紀念大會在分頭進行着。大眾商議的結果，是用二千元在社外建築一道橋。這因為跨在溪上的原來只有一道木橋，村人早應募緣改建，又因大王廟口是玉官常到那裡徘徊的地方，還有對岸的樹林，政府已撥給學校經營，所以橋是必要修築的。

動了四五個月的工程，橋已修好了。大王廟也修得煥然一新，村人把它改做公所，雖然神像還是供着，卻已沒有供香火的廟祝。橋是丈五寬，三丈長，裡面是水泥石子的混凝體，表面是用花崗石堆砌起來的。過了橋，一條大道直穿入樹林裡頭，更顯出風景比前優秀得多。

　　紀念會的日期就要到了，建德果然同安妮一起回來。玉官是喜歡得心跳不堪。她知道又是病發了。但不願告訴人。安妮算是給她很大的面子，所以肯來赴會。當時也與杏官見過面，安妮卻很傲慢，好像不大愛理那村婆子似地。她住了一兩天就催建德回南京去，最大的原因，大概是在水廁的缺乏。

　　建德在鄉人的眼光中已是個大得很的京官，因為太太說要早日回京，便不得不提早舉行這個紀念典禮。玉官在那天因為喜歡過度，倒是暈過幾次，杏官見這情形不便教她到教堂去，只由她歇着。行過禮以後，建德領着大眾行獻橋禮。大眾擬了許多名字，最後決定名為"玉澤橋"。當時的鼓樂炮仗，喧鬧得難以形容，加以演了好幾台戲，更使鄉人感覺這典禮的嚴重。

　　第二天，建德要同安妮回到城裡，來與玉官告辭。杏官在身邊，很羨慕這對夫婦，不覺想起她的亡女，直向建德流淚。玉官待要把真情說出來時，又怕安妮不承認破口罵人，反討沒趣。她又想縱然安妮承認了，她也未必能與他們住在一起。她也含着眼淚送他們過了那新成的玉澤橋。

　　回到學校裡，左思右想，又後悔沒當着安妮說明情由。等到杏官來，她便笑着問她假如現在她能找着她的丈夫或她的丟了的女兒，她願意見誰。杏官不介意地回答說那是做夢。如果她能見到女兒一面，她已很滿足，至於丈夫恐怕是絕無希望的了。說過許多話，玉官忽對杏官說，她要到城裡去送送兒子和兒媳婦上船去，杏官因為她精神像很疲乏，不

很放心，爭執了半天，她才教杏官陪着她去。

她們二人趕到城裡，建德與安妮已經到口岸去了。幸而船期未到，玉官與杏官還可以趕到。她們到教會打聽，知道建德二人住在洋牧師家裡。見面時，安妮非常感動。她才起頭覺得玉官愛她的兒子建德是很可欽佩的。玉官對他們説她的病是一天一天地加重了，這次相見，又不知什麼時候再有機會，希望他們有工夫回來，説得建德也哭起來了。他允許一年要回來探望她一次。

玉官在那晚上回到杏官的藥局，對杏官説她還有一件未了的事要趕着去辦完。杏官不了解她的意思，問了幾遍，她才把要到婆羅洲找陳廉的話説出來。她説，自從她當了洋教士的女傭以來，一切的一切都是受着杏官的恩惠。原先她還沒理會到這層，自從南京回來以後，日日思維，越覺得此恩非報不可。杏官既知道陳廉的下落，心裡自然高興萬分，但願她自己去。玉官從懷裡取出船票來，説她日間已打聽到明天有船往南洋去，立即買了一個艙位。只有她知道怎樣去找，希望杏官在家裡照顧天錫，料理學校，她也可以藉此吸吸海風，養養病。

第二天一早，杏官跑去告訴建德説他母親要到南洋去休息休息，當天就要動身。他也不以為然，説他母親的心臟病，怕受不了海浪的顛簸，還是勸她莫去為是，來到藥局，玉官已上了船，於是又同杏官和安妮到船上去。建德見她在三等艙裡，掖在一班華工當中，直勸她説，如果要走，可以改到頭等艙去，何必省到這步田地。她説在三等艙裡有伴，

可以談話，同時她平日所見的也都是這類的人，所以不覺得
有什麼難過之處。安妮是站都站不住，探一探頭便到頭等艙
的起坐間去了。杏官看看她的行李非常簡單，只有一個鋪蓋
和一個小提箱。她笑問玉官說，那小的箱子裝些什麼？玉官
也笑着回答說那還是幾十年隨身帶着的老骨董：一本白話
《聖經》，一本《天路歷程》，一本看不懂的《易經》。玉官
勸他們不必為她擔憂，她知道一切都無妨礙，終要平安和圓
滿地回來。她指着建德回頭來對杏官說他還是她的女婿，希
望她不要覺得生疏起來。她此行必要把事情辦妥才回來，請
她回錦鯉靜候消息。又復勸勉了建德一番，船上催客的鑼才
響起來。

　　杏官們上了舢舨，還見玉官含淚在舷邊用手帕向着他們
搖幌，幾根灰白的頭髮，也隨着海風飄揚。到了岸邊，船已
鼓着輪，向海外開去。他們直望到船影越過港外的燈台，才
各含着眼淚回去。

一九三九年

鐵魚底鰓

那天下午警報底解除信號已經響過了。華南一個大城市底一條熱鬧馬路上排滿了兩行人，都在肅立着，望着那預備保衛國土的壯丁隊遊行。他們隊裡，說來很奇怪，沒有一個是扛槍的。戴的是平常的竹笠，穿的是灰色衣服，不像兵士，也不像農人。巡行自然是為耀武揚威給自家人看，其他有什麼目的，就不得而知了。

大隊過去之後，路邊閃出一個老頭，頭髮蓬鬆得像戴着一頂皮帽子，穿的雖然是西服，可是縫補得走了樣了。他手裡抱着一卷東西。忽忙地越過巷口，不提防撞到一個人。

"雷先生，這麼忙！"

老頭抬頭，認得是他底一個不很熟悉的朋友。事實上雷先生並沒有至交。這位朋友也是方才被遊行隊阻撓一會，趕着要回家去的。雷見他打招呼，不由得站住對他說："唔，原來是黃先生。黃先生一向少見了。你也是從避彈室出來的罷？他們演習抗戰，我們這班沒用的人，可跟着在演習逃難哪！"

"可不是！"黃笑着回答他。

兩人不由得站住，談些閑話。直到黃問起他手裡抱着的是什麼東西，他才說："這是我底心血所在，說來話長，你如有興致，可以請到舍下，我打開給你看看，看完還要請教。”

黃早知道他是一個最早被派到外國學製大炮的官學生，回國以後，國內沒有鑄炮的兵工廠，以致他一輩子坎坷不得意。英文、算學教員當過一陣，工廠也管理過好些年，最後在離那大城市不遠的一個割讓島上底海軍船塢做一份小小的職工，但也早已辭掉不幹了。他知道這老人家底興趣是在兵器學上，心裡想看他手裡所抱的，一定又是理想中的什麼武器底圖樣了。他微笑向着雷，順口地說：“雷先生，我猜又是什麼‘死光鏡’、‘飛機箭’一類的利器圖樣罷？”他說着好像有點不相信，因為從來他所畫的圖樣，獻給軍事當局，就沒有一樣被採用過。雖然說他太過理想或說他不成的人未必全對，他到底是沒有成績拿出來給人看過。

雷回答黃說：“不是，不是，這個比那些都要緊。我想你是不會感到什麼興趣的。再見罷。”說着，一面就邁他底步。

黃倒被他底話引起興趣來了。他跟着雷，一面說：“有新發明，當然要先睹為快的。這裡離舍下不遠，不如先到舍下一談罷。”

“不敢打擾，你只看這藍圖是沒有趣味的。我已經做了一個小模型，請到舍下，我實驗給你看。”

黃索性不再問到底是什麼，就信步隨着他走。二人嘿嘿地並肩而行，不一會已經到了家。老頭子走得有點喘，讓客人先進屋裡去，自己隨着把手裡底紙卷放在桌上，坐在一邊。黃是頭一次到他家，看見四壁掛的藍圖，各色各樣，說

不清是什麼。廳後面一張小小的工作桌子，鋸、鉗、螺蛳旋一類的工具安排得很有條理。架上放着幾隻小木箱。

"這就是我最近想出來的一隻潛艇底模型。"雷順着黃先生底視線到架邊把一個長度約有三尺的木箱拿下來，打開取出一條"鐵魚"來。他接着說："我已經想了好幾年了。我這潛艇特點是在它像一條魚，有能呼吸的鰓。"

他領黃到屋後底天井，那裡有他用鉛版自製的一個大盆，長約八尺，外面用木板護着，一看就知道是用三個大洋貨箱改造的。盆裡盛着四尺多深的水。他在沒把鐵魚放進水裡之前，把"魚"底上蓋揭開，將內部底機構給黃說明了。他說，他底"魚"底空氣供給法與現在所用的機構不同。他底鐵魚可以取得氧氣，像真魚在水裡呼吸一般，所以在水裡的時間可以很長，甚至幾天不浮上水面都可以。說着他又把方才的藍圖打開，一張一張地指示出來。他說，他一聽見警報，什麼都不拿，就拿着那卷藍圖出外去躲避。對於其他的長處，他又說："我這魚有許多'游目'，無論沉下多麼深，平常的折光探視鏡所辦不到的，只要放幾個'游目'使它們浮在水面，靠着電流底傳達，可以把水面與空中底情形投影到艇裡底鏡版上。浮在水面的'游目'體積很小，形狀也可以隨意改裝，雖然低飛的飛機也不容易發見它們。還有它底魚雷放射管是在艇外，放射的時候艇身不必移動，便可以求到任何方向，也沒有像舊式潛艇在放射魚雷時發生可能的危險的情形。還有艇裡底水手，個個有一個人造鰓，萬一艇身失事，人人都可以迅速地從方便門逃出，浮到水面。"

　　他一面説，一面揭開模型上一個蜂房式的轉盤門，説明水手可以怎樣逃生。但黃已經有點不耐煩了。他説：“你底專門話，請少説罷，説了我也不大懂，不如先把它放下水裡試試，再講道理，如何？”

　　“成，成。”雷回答着，一面把小發電機撥動，把上蓋蓋嚴密了，放在水裡。果然沉下許久，放了一個小魚雷再浮上來。他接着説：“這個還不能解明鐵鰓底工作。你到屋裡，我再把一個模型給你看。”

　　他順手把小潛艇托進來放在桌上，又領黃到架底另一邊，從一個小木箱取出一副鐵鰓底模型。那模型像一個人家養魚的玻璃箱，中間隔了兩片玻璃版，很巧妙的小機構就夾在當中。他在一邊注水，把電線接在插梢上。有水的那一面底玻璃版有許多細緻的長縫，水可以沁進去，不久，果然玻璃版中間底小機構與唧筒發動起來了。沒水的這一面，代表艇內底一部，有幾個像唧筒的東西，連着版上底許多管子。他告訴黃先生説，那模型就是一個人造鰓，從水裡抽出氧氣，同時還可以把碳氣排洩出來。他説，艇裡還有調節機，能把空氣調和到人可呼吸自如的程度。關於水底壓力問題，他説，戰鬥用的艇是不會潛到深海裡去的。他也在研究着怎樣做一隻可以探測深海的潛艇，不過還沒有什麼把握。

　　黃聽了一套一套他所不大懂的話，也不願意發問，只由他自己説得天花亂墜，一直等到他把藍圖捲好，把所有的小模型放回原地，再坐下想與他談些別的。

　　但雷底興趣還是在他底鐵鰓。他不歇地説他底發明怎樣

有用，和怎樣可以增強中國海底軍備。

「你應當把你底發明獻給軍事當局，也許他們中間有人會注意到這事，給你一個機會到船塢去建造一隻出來試試。」黃說着就站起來。

雷知道他要走，便阻止他說：「黃先生忙什麼？今晚大家到茶室去吃一點東西，容我做東道。」

黃知道他很窮，不願意使他破費，便又坐下說：「不，不，多謝，我還有一點別的事要辦，在家多談一會罷。」

他們繼續方才的談話，從原理談到建造底問題。

雷對黃說他怎樣從製炮一直到船塢工作，都沒得機會發展他底才學。他說，別人是所學非所用，像他簡直是學無所用了。

「海軍船塢於你這樣的發明應當注意的。為什麼他們讓你走呢？」

「你要記得那是別人底船塢呀，先生。我老實說，我對於潛艇底興趣也是在那船塢工作的期間生起來的。我在從船塢工作之前，是在製襪工廠當經理。後來那工廠倒閉了，正巧那裡底海軍船塢要一個機器工人，我就以熟練工人底資格被取上了。我當然不敢說我是受過專門教育的，因為他們要的只是熟練工人。」

「也許你說出你底資格，他們更要給你相當的地位。」

雷搖頭說：「不，不，他們一定會不要我。我在任何時間所需的只是吃。受三十元『西紙』的工資，總比不着邊際的希望來得穩當。他們不久發現我很能修理大炮和電機，常常派我到戰艦上與潛艇裡工作。自然我所學的，經過幾十年間已經不適用了，但在船塢裡受了大工程師底指揮，倒增益了不少的新知識。我對於一切都不敢用專門名詞來與那班外國工程師談話，怕他們懷疑我。他們有時也覺得我說的不是當地底‘鹹水英語’，常問我在哪裡學的，我說我是英屬美洲底華僑，就把他們瞞過了。”

“你為什麼要辭工呢？”

“說來，理由很簡單。因為我研究潛艇，每到艇裡工作的時候，和水手們談話，探問他們底經驗與困難。有一次，教一位軍官注意了，從此不派我到潛艇裡去工作。他們已經懷疑我是奸細。好在我機警，預先把我自己畫的圖樣藏到別處去，不然萬一有人到我底住所檢查，那就麻煩了。我想，我也沒有把我自己畫的圖樣獻給他們的理由，自己民族底利益得放在頭裡，於是辭了工，離開那船塢。”

黃問：“照理想，你應當到中國底造船廠去。”

雷急急地搖頭說：“中國底造船廠？不成，有些造船廠都是個同鄉會所，你不知道嗎？我所知道的一所造船廠，凡要踏進那廠底大門的，非得同當權的有點直接或間接的血統或裙帶關係，不能得到相當的地位。縱然能進去，我提出來的計劃，如能請得一筆試驗費，也許到實際的工作上已剩下不多了。沒有成績不但是惹人笑話，也許還要派上個罪名。這樣，誰受得了呢？”

黃說：“我看你底發明如果能實現，卻是很重要的一件事。國裡現在成立了不少高深學術底研究院，你何不也教他

們注意一下你底理論，試驗試驗你底模型？"

"又來了！你想我是七十歲左右的人，還有愛出風頭的心思嗎？許多自號為發明家的，今日招待報館記者，明日到學校演講，說得自己不曉得多麼有本領，愛迪生和安因斯坦都不如他，把人聽膩了。主持研究院的多半是年輕的八分學者，對於事物不肯虛心，很輕易地給下斷語，而且他們好像還有'幫'底組織，像青、紅幫似地。不同幫的也別妄生玄想。我平素最不喜歡與這班學幫中人來往。他們中間也沒人知道我底存在。我又何必把成績送去給他們審查，費了他們底精神來批評我幾句，我又覺得過意不去，也犯不上這樣做。"

黃看看時錶，隨即站起來，說："你老哥把世情看得太透徹，看來你底發明是沒有實現的機會了。"

"我也知道，但有什麼法子呢？這事個人也幫不了忙，不但要用錢很多，而且軍用的東西又是不能隨便製造的。我只希望我能活到國家感覺需要而信得過我的那一天來到。"

雷說着，黃已踏出廳門。他說："再見罷，我也希望你有那一天。"

這位發明家底性格是很板直的，不大認識他的，常會誤以為他是個犯神經病的，事實上已有人叫他做"戇雷"。他家裡沒有什麼人，只有一個在馬尼剌當教員的守寡兒媳婦和一個在那裡唸書的孫子。自從十幾年前辭掉船塢底工作之後，每月的費用是兒媳婦供給。因為他自己要一個小小的工作室，所以經濟的力量不能容他住在那割讓島上。他雖是七十三四歲的人，身體倒還康健，除掉做輪子、安管子、打銅、銼鐵之外，沒有別的嗜好，煙不抽，茶也不常喝。因為生存在兒媳婦底孝心上，使他每每想着當時不該辭掉船塢底職務。假若再做過一年，他就可以得着一份長糧，最少也比吃兒媳婦的好。不過他並不十分懊悔，因為他辭工的時候正在那裡大罷工的不久以前，愛國思想膨脹得到極高度，所以覺得到中國別處去等機會是很有意義的。他有很多造船工程底書籍，常常想把它們賣掉，可是沒人要。他底太太早過世了，家裡只有一個老傭婦來喜服事他。那老婆子也是他底妻子底隨嫁婢，後來嫁出去，丈夫死了，無以為生，於是回來做工。她雖不受工資，在事實上是個管家，雷所用的錢都是從她手裡要。這樣相依為活已經過了二十多年了。

　　黃去了以後，來喜把飯端出來，與他一同吃。吃着，他對來喜說：「這兩天風聲很不好，穿屐的也許要進來。我們得檢點一下，萬一變亂臨頭，也不至於手忙腳亂。」

　　來喜說：「不說是沒什麼要緊了嗎？一般官眷都還沒走，大概不至於有什麼大亂罷。」

　　「官眷走動了沒有，我們怎麼會知道呢？告示與新聞所說的是絕對靠不住的。一般人是太過信任印刷品了。我告訴你罷，現在當局的，許多是無勇無謀、貪權好利的一流人物，不做石敬瑭獻十六州，已經可以被人稱為愛國了。你唸摸魚書和看殘唐五代底戲，當然記得石敬瑭怎樣獻地給人。」

　　「是，記得。」來喜點頭回答，「不過獻了十六州，石敬瑭還是做了皇帝！」

　　老頭子急了，他說："真的，你就不懂什麼叫做歷史！不用多說了，明天把東西歸聚一下，等我寫信給少奶奶，說我們也許得往廣西走。"

　　吃過晚飯，他就從桌上把那潛艇底模型放在箱裡，又忙着別的小零件收拾起來。正在忙着的時候，來喜進來說："姑爺，少奶奶這個月的家用還沒寄到，假如二兩大之內要起程，恐怕盤纏會不夠吧？"

　　"我們還剩多少？"

　　"不到五十元。"

　　"那夠了。此地到梧州，用不到三十元。"

　　時間不容人預算，不到三天，河堤底馬路上已經發見侵略者底戰車了。市民全然像在夢中被驚醒，個個都來不及收拾東西，見了船就下去。火頭到處起來，鐵路上沒人開車，弄得雷先生與來喜各抱着一點東西急急到河邊胡亂跳進一隻船，那船並不是往梧州去的，沿途上船的人們越來越多，走不到半天，船就沉下去了。好在水並不深，許多人都坐了小艇往岸上逃生。可是來喜再也不能浮上來了。她是由於空中底掃射喪的命或是做了龍宮底客人，都不得而知。

　　雷身邊只剩十幾元，輾轉到了從前曾在那工作過的島上。沿途種種的艱困，筆墨難以描寫。他是一個性格剛硬的人，那島市是多年沒到過的，從前的工人朋友，就使找着了，也不見得能幫助他多少。不說梧州去不了，連客棧他都住不起。他只好隨着一班難民在西市底一條街邊打地鋪。在他身邊睡的是一個中年婦人帶着兩個孩子，也是從那剛淪陷的大城一同逃出來的。

　　在幾天的時間，他已經和一個小飯攤底主人認識，就寫信到馬尼剌去告訴他兒媳婦他所遭遇的事情，叫她快想方法寄一筆錢來，由小飯攤轉交。

　　他與旁邊底那個中年婦人也成立了一種互助的行動。婦人因為行李比較多些，孩子又小，走動不但不方便，而且地盤隨時有被人佔據的可能，所以他們互相照顧。雷老頭每天上街吃飯之後，必要給她帶些吃的回來。她若去洗衣服，他就坐着看守東西。

　　一天，無意中在大街遇見黃，各人都訴了一番痛苦。

　　“現在你住在什麼地方？”黃這樣問他。

　　“我老實說，住在西市底街邊。”

　　“那還了得！”

　　“有什麼法子呢？”

　　“搬到我那裡去罷。”

　　“大家同是難民，我不應當無緣無故地教你多擔負。”

　　黃很誠懇地說：“多兩個人也不會費得到什麼地步。我跟着你去搬罷。”說着就要叫車。雷阻止他說：“多謝，多謝盛意。我現在人口眾多，若都搬了去，於府上一定大大地不方便。”

　　“你不是只有一個傭人嗎？”

　　“我那來喜不見了。現在是另一個帶着兩個孩子的婦人，是在路上遇見的。我們彼此互助，忍不得，把她安頓好就離開她。”

「那還不容易嗎？想法子把她送到難民營就是了。聽說難民營底組織，現在正加緊進行着唎。」

他知道黃也不是很富裕的，大概是聽見他睡在街邊，不能不說一兩句友誼的話。但是黃卻很誠懇，非要他去住不可，連說：「不像話，不像話！年紀這麼大，不說你媳婦知道了難過，就是朋友也過意不去。」

他一定不肯教黃到他底露天客棧去。只推到難民營組織好，把那婦人送進去之後再說。黃硬把他拉到一個小茶館去。一說起他底發明，老頭了就告訴他那潛艇模型已隨着來喜喪失了。他身邊只剩下一大卷藍圖，和那一座鐵鰓底模型。其餘的東西都沒有了。他逃難的時候，那藍圖和鐵鰓底模型是歸他拿，圖是捲在小被褥裡頭，他兩手只能拿兩件東西。在路上還有人笑他逃難逃昏了，什麼都不帶，帶了一個小木箱。

「最低限度，你把重要的物件先存在我那裡罷。」黃說。

「不必了罷，住家孩子多，萬一把那模型打破了，我永遠也不能再做一個了。」

「那倒不至於。我為你把它鎖在箱裡，豈不就成了嗎？你老哥此後的行止，打算怎樣呢？」

「我還是想到廣西去。只等兒媳婦寄些路費來，快則一個月，最慢也不過兩個月，總可以想法子從廣州灣或別的比較安全的路去到罷。」

「我去把你那些重要東西帶走罷。」黃還是催着他。

「你現在住什麼地方？」

“我住在對面海底一個親戚家裡。我們回頭一同去。”

雷聽見他也是住在別人家裡，就斷然回答說：“那就不必了，我想把些少東西放在自己身邊，也不至於很累贅，反正幾個星期的時間，一切都會就緒的。”

“但是你總得領我去看看你住的地方，下次可以找你。”

雷被勸不過，只得同他出了茶館，到西市來。他們經過那小飯攤，主人就嚷着：“雷先生，雷先生，信到了，信到了。我見你不在，教郵差帶回去，他說明天再送來。”

雷聽了幾乎喜歡得跳起來。他對飯攤主人說了聲“多煩了”，回過臉來對黃說：“我家兒媳婦寄錢來了。我想這難關總可以過得去了。”

黃也慶賀他幾句，不覺到了他所住的街邊。他對黃說：“對不住，我底客廳就是你所站的地方，你現在知道了。此地不能久談，請便罷。明天取錢之後，去拜望你。你底住址請開一個給我。”

黃只得從口袋裡掏出一張名片，寫上地址交給他，說聲“明天在舍下恭候”，就走了。

那晚上他好容易盼到天亮，第二天一早就到小飯攤去候着。果然郵差來到，取了他一張收據把信遞給他。他拆開信一看，知道他兒媳婦給他匯了一筆到馬尼剌的船費，還有辦護照及其他需用的費用，都教他到匯通公司去取。他不願到馬尼剌去，不過總得先把需用的錢拿出來再說。到了匯通公司，管事的告訴他得先去照像辦護照。他說，是他兒媳婦弄錯了，他並不要到馬尼剌去，要管事的把錢先交給他；管事

的不答允，非要先打電報去問清楚不可。兩方爭持，弄得毫無結果，自然錢在人家手裡，雷也無可如何，只得由他打電報去問。

從匯通公司出來，他就踐約去找黃先生。把方才的事告訴他。黃也贊成他到馬尼剌去。但他說，他底發明是他對國家的貢獻，雖然目前大規模的潛艇用不着，將來總有一天要大量地應用；若不用來戰鬥，至少也可以促成海下航運的可能，使侵略者底封鎖失掉效力。他好像以為建造底問題是第一步，只要當局採納他的，在河裡建造小型的潛航艇試試，若能成功，心願就滿足了。材料底來源，他好像也沒深深地考慮過。他想，若是可能，在外國先定造普通的潛艇，回來再修改一下，安上他所發明的鰓、游目等等，就可以了。

黃知道他有點彆氣，也不再去勸他。談了一回，他就告辭走了。

過一兩天，他又到匯通公司去，管事人把應付的錢交給他，說：馬尼剌回電來說，隨他底意思辦。他說到內地不需要很多錢，只收了五百元，其餘都教匯回去。出了公司，到中國旅行社去打聽，知道明天就有到廣州灣去的船。立刻又去告訴黃先生。兩人同回到西市去檢行李。在捲被褥的時候，他才發現他底藍圖，有許多被撕碎了。心裡又氣又驚，一問才知道那婦人好幾天以來，就用那些紙來給孩子們擦髒。他趕緊打開一看，還好，最裡面的那幾張鐵鰓底圖樣，仍然好好的，只是外頭幾張比較不重要的總圖被毀了。小木箱裡底鐵鰓模型還是完好，教他雖然不高興，可也放心得過。

　　他對婦人說，他明天就要下船，因為許多事還要辦，不
得不把行李寄在客棧裡，給她五十元，又介紹黃先生給她，
說錢是給她做本錢，經營一點小買賣；若是辦不了，可以請
黃先生把她母子送到難民營去。婦人受了他的錢，直向他解
釋說，她以為那捲在被褥裡的都是廢紙，很對不住他。她感
激到流淚，眼望着他同黃先生，帶着那卷剩下的藍圖與那一
小箱底模型走了。

　　黃同他下船，他勸黃切不可久安於逃難生活。他說越
逃，災難越發隨在後頭；若回轉過去，站住了，什麼都可以
抵擋得住。他覺得從演習逃難到實行逃難的無價值，現在就
要從預備救難進到臨場救難的工作，希望不久，黃也可以
去。

　　船離港之後，黃直盼着得到他到廣西的消息。過了好些
日子，他才從一個赤坎來的人聽說，有個老頭子搭上兩期的
船，到埠下船時，失手把一個小木箱掉下海裡去，他急起
來，也跳下去了。黃不覺滴了幾行淚，想着那鐵魚底鰓，也
許是不應當發明得太早，所以要潛在水底。

　　　　　　　　　　　　　　　　　　　　一九四一年二月

|附　錄|

許地山年表

周俟松

一八九三年　癸巳　光緒十九年　一歲（虛歲）

二月十四日（農曆壬辰年十二月二十八日）丑時先生生於台灣省台南府城延平郡王祠側的窺園裡。

先生名贊堃，號地山，乳名叔丑，行四，筆名落華生。

一八九四年　甲午　光緒二十年　二歲

地山四叔南雅公卒。兄叔甲殤。

一八九五年　乙未　光緒二十一年　三歲

因日寇侵台，六月隨父母離台南。（地山父南英先生號蘊白，別名窺園，進士出身，時為台灣籌防局團練局統領，隨抗日英雄劉永福扼守台南。激於民族大義，奮起投入抗日戰鬥，以清政府腐朽終於戰敗。）在日寇追趕下，出安平，乘竹筏轉乘輪船內渡到汕頭，全家遷回大陸，在福建龍溪（漳州）落戶。遷居途中，在輪船上爬繩跌下，左臂脫臼，接骨不正，以至左臂長期活動不自如。

庶出五弟叔未(贊能，早死)、六弟叔丁(贊喬，後習醫)生。

一八九六年　丙申　光緒二十二年　四歲

從吳獻堂先生發蒙，讀私塾。

一八九七年　丁酉　光緒二十三年　五歲

因吳獻堂回汕頭，改從徐展雲先生學。

父入京，改官知縣，往廣州稟到，舉家遷居廣州興隆坊。

大伯父梓修歿。

一八九八年　戊戌　光緒二十四年　六歲

仍從徐展雲先生學，妹贊化（蟾花）生。

一八九九年　己亥　光緒二十五年　七歲

仍從徐展雲先生學。

一九〇〇年　庚子　光緒二十六年　八歲

仍從徐展雲先生學。

一九〇一年　辛丑　光緒二十七年　九歲

仍從徐展雲先生學。

一九〇二年　壬寅　光緒二十八年　十歲

父改任徐聞縣知事，遷居徐聞寓所。仍從徐展雲先生學。

一九〇三年　癸卯　光緒二十九年　十一歲

隨家遷回廣州，住祝壽巷。因塾師徐展雲歿，改從倪玉笙先生受業。

父卸徐聞職，授廣州三水縣，未任，委赴欽州查案。

一九〇四年　甲辰　光緒三十年　十二歲

因父調任陽江同知，移居陽江。進廣東陽江真道小學，兼從倪玉笙讀私塾。大兄贊書為廈門同盟會會長。

一九〇五年　乙巳　光緒三十一年　十三歲

肄業廣東韶午講習所，仍兼從倪玉笙學。

一九〇六年　丙午　光緒三十二年　十四歲

父卸陽江同知任，回廣州，住丹桂里。因塾師倪玉笙歿，從韓貢三先生學，始讀經史。又入隨宦學堂。

一九〇七年　丁未　光緒三十三年　十五歲

　　舉家移居廣州步蟾坊。除在隨宦學堂肄業外，兼從塾師韓貢三學經史。

　　二哥叔壬（贊元）入黃埔陸軍小學。

一九〇八年　戊申　光緒三十四年　十六歲

　　居廣州和梅宿舍（闢六榕寺內官房數間名為和梅宿舍，為兄弟輩學塾），仍從韓貢三先生學。父改三水縣任。假日赴三水省親。

一九〇九年　己酉　宣統元年　十七歲

　　仍在隨宦學堂肄業。

一九一〇年　庚戌　宣統二年　十八歲

　　十月畢業於廣東隨宦學堂。

　　二兄叔壬投革命軍。三兄叔午（敦谷）往日本東京習美術（現年九十歲，在雲南昆明，仍常作畫）。

一九一一年　辛亥　宣統三年　十九歲

　　因家道貧困，開始自謀生活，在漳州任福建省立第二師範學校教員。知音律，善琵琶，能譜曲編詞。

　　父曾任民國首任龍溪縣知事。未久，攜眷退居海澄縣海滄墟，生活窘困。

一九一二年　壬子　民國元年　二十歲

　　仍任福建省立第二師範教員，月薪六十元。撰《荔枝譜》。

一九一三年　癸丑　民國二年　二十一歲

　　赴緬甸仰光，任中華學校教員，月薪六十盾。

一九一四年　甲寅　民國三年　二十二歲

　　仍在緬甸仰光任教，月薪七十盾。

一九一五年　乙卯　民國四年　二十三歲

仍在緬甸仰光任教，月薪八十盾。十二月回國，住福建漳州大岸頂。

父南英先生往南洋蘇門答臘棉蘭，為張鴻南編輯傳略。

一九一六年　丙辰　民國五年　二十四歲

在福建漳州華英中學校任教，月薪六十元。曾加入閩南倫敦會（基督教會），漸不滿其教義，開始有志於宗教比較學。

一九一七年　丁巳　民國六年　二十五歲

任福建省立第二師範教員，兼附小主理，月薪八十元，暑假後，往北京，入燕京大學文學院讀書。

一九一八年　戊午　民國七年　二十六歲

在燕京大學文學院就學。

年初與台灣省台中林季商之妹林月森結婚。年底生女林新。

父南英在異域（因歐戰期間，無船可歸）病故，葬於蘇門答臘。當地稱南英先生墓為"詩人之墓"。

一九一九年　己未　民國八年　二十七歲

在燕大文學院就學。積極投入"五四"運動，是幾個學校的代表，經常組織會議，反封建禮教，爭民主自由。其時，地山奉行平民主義和人道主義，《空山靈雨》中的《落花生》一文，就表達了這種思想。

一九二〇年　庚申　民國九年　二十八歲

卒業於燕京大學，得文學士學位。又入燕大神學院，研究宗教。十月，回福建漳州接夫人林月森母女去北京，途中林月森病重，客死於上海。

　　與鄭振鐸、瞿秋白、耿濟之、瞿世英等常在北京青年會圖書館看書，共同編輯青年讀物《新社會旬刊》。地山早期作品就在這個刊物上披露。參加教育部讀音統一籌備會。

一九二一年　辛酉　民國十年　二十九歲

　　在燕京大學神學院研究宗教。與茅盾、鄭振鐸、王統照、葉紹鈞等十二人發起成立文學研究會。同時，燕京大學也成立文學研究會，參加者有富汝培、謝婉瑩（冰心）、凌瑞棠（淑華）、李勛剛等。燕大同仁對泰戈爾的作品極感興趣，曾邀徐志摩介紹泰戈爾生平，此專題座談會即由地山主持。曾聽俄國盲詩人愛羅先珂講學。由於地山英語較好，電影院放映外國影片時，常邀請他或李勛剛用漢語譯述，頗受好評。

　　地山就學期間與張錫三同寢室。書籍堆積滿屋，名其室為“面壁齋”，以示專心讀書。

　　地山自行設計一種棉布大衫（長僅及膝，對襟而不翻領），深黃色，穿着自適，人以為怪。又，長髮至頸，蓄山羊式短鬚，同學戲稱之為“莎士比亞”、“許真人”。又，經常書寫鐘鼎文或梵文，人多不識，因而謔稱他為“三怪”。然而，他春風滿面，喜歡言談，或操普通話、廣東話、福建話，能文善詩，與之接觸，藹然可親。

　　本年以落華生為筆名，在《小說月報》上發表《命命鳥》，此後又發表《商人婦》、《換巢鸞鳳》、《黃昏後》等短篇小說。

一九二二年　壬戌　民國十一年　三十歲

　　在燕京大學神學院畢業，得神學學士學位。任燕京大學助理，月薪七十五元。又任平民大學教員，月薪六十元。寫《我對

於〈孔雀東南飛〉底提議》，載《戲劇》第二卷三期。

編散文四十餘篇，定名《空山靈雨》，並自撰《弁言》。

在《小說月報》上發表短篇小說《綴網勞蛛》等。

一九二三年　癸亥　民國十二年　三十一歲

入美國紐約哥倫比亞大學研究院哲學系，研究宗教史及宗教比較學。

在《小說月報》上發表《無法投遞之郵件》、《海世間》、《海角底孤星》、《醍醐天女》及詩《女人我很愛你》等。

一九二四年　甲子　民國十三年　三十二歲

在美國哥倫比亞大學得文學碩士。因不慣美國生活方式，九月，轉入英國倫敦牛津大學研究院，研究宗教史、印度哲學、梵文及民俗學等。

在《小說月報》上發表詩《看我》、《情書》、《郵筒》、《做詩》、《月淚》，小說《枯楊生花》等。結識老舍，鼓勵他寫出小說《老張的哲學》，並介紹在《小說月報》上發表。

一九二五年　乙丑　民國十四年　三十三歲

繼續在牛津大學從事研究工作。撰《中國文學所受的印度伊蘭文學的影響》，載《小說月報》十六卷七號。曾寫新詩《牛津大學公園早行》，用粵謳形式，獨具風格，載次年《小說月報》第十七卷十號。

地山草稿有《落華生舌》，存詩十餘首，未刊。

一九二六年　丙寅　民國十五年　三十四歲

在英國牛津大學得文學學士學位。在牛津大學圖書館搜集許多關於鴉片戰爭前後中英交涉史料，編纂為《達衷集》，後由商務印書館出版。十月回國時，到印度羅奈城印度大學研究梵文及佛學。

一九二七年　丁卯　民國十六年　三十五歲

在母校燕京大學文學院任助教，月薪一百三十元。編寫《佛藏子目引得》三冊，燕京引得社出版。撰《梵劇體例及其在漢劇上的點點滴滴》，載《小說月報》十七卷號外。寫詩《我底病人》，發表於《小說月報》十八卷二號。此後，文藝創作漸少，專心於宗教比較學的研究，準備編寫道教史。

一九二八年　戊辰　民國十七年　三十六歲

任燕京大學文學院、宗教學院副教授，月薪二百元；在北京大學兼授印度哲學；又在清華大學兼授人類學。曾率領燕京大學學生去上海等地作蛋民（即以船為家的水上居民）調查。業餘譯《孟加拉民間故事》，後由商務印書館出版，收民間故事二十一篇。又寫《在費總理底客廳裡》，載《小說月報》十九卷十一號。

經熊佛西、朱君允介紹，與周俟松女士（湘潭周大烈〔印昆〕之女）相識。俟松一九二八年畢業於國立北京師範大學數學系，曾在湖北武昌一女中任教，暑假抵滬。地山與俟松約定，回北京結婚。

一九二九年　己巳　民國十八年　三十七歲

仍任教於燕京大學，兼北京大學、清華大學課。着重研究印度宗教史、民俗學。寫《道家思想與道教》，載《燕京學報》第二期。寫《燕京大學校址小史》，載《燕京學報》第六期。

五月一日，與周俟松結婚。住北京石駙馬大街。婚後，俟松在北京女高師附中教數學。

一九三〇年　庚午　民國十九年　三十八歲

在燕京大學，擢升為教授，月薪三百六十元；仍兼教於北京大學、清華大學及北京師範大學歷史系。曾寫《陳那以前中觀派與瑜珈派之“因明”》、《大中磬刻文時代管見》及《摩尼之二宗三際論》等文，載《燕京學報》三期、五期、十八期。

曾為音樂出版社譜寫歌曲，在北京印出，內容有民間歌謠以及古跡紀實、歌頌勞動等。寫有兒童故事，如《螢燈》、《桃金孃》等。計劃編寫《中國服裝史》，搜集不少古畫的影印本和照片，做了很多卡片資料，惜未寫成。還搜集了我國歷代貨幣古錢，打算進行研究（資料存燕京大學）。

一九三一年　辛未　民國二十年　三十九歲

教學之餘，專心撰寫《道教史》上卷，敘述道教起源及秦漢道家、張陵及丹鼎哲學等，凡七章。三年後，由商務印書館出版。

子周苓仲出生於北平，從母姓。

一九三二年　壬申　民國二十一年　四十歲

除教學外，撰寫《雲笈七籤校異》，正其謬誤，為深入研究道教史作充分準備，並着手編纂道教辭典。假日，伴岳父和家人出遊，談笑風生，尤對廟宇道觀典故瞭如指掌，解說娓娓動聽。

石駙馬大街寓遭火災，遷至景山西街。

一九三三年　癸酉　民國二十二年　四十一歲

燕京大學實行教授間隔五年休假一年的制度。地山應中山大學邀，前往講學，俟松同往。途經台灣，逗留多日，拜會庶母和親友，目睹在日寇鐵蹄下之台灣親友的苦難，感慨殊深。所攜南英先生詩集《窺園留草》印本，幾被日寇抄沒，經交涉後始放行。在台南瞻仰故居。離台去廣州。在中山大學講學時，有教授倡議"中學讀經"，地山力持異議，指斥其害。年底，地山往印度，繞道蘇門答臘，掃父墓。

是年初，女許燕吉生。

一九三四年　甲戌　民國二十三年　四十二歲

年初，去印度大學研究印度宗教及梵文，年底回北京。曾撰《印度文學》一書，後由商務印書館出版；並譯有《二十夜問》、《太陽底下降》兩本印度故事集。是年，岳父周印昆先生逝世，享年七十又二。地山回北京後，仍住景山西街。寫《人非人》等，載《文學》二卷一號。

一九三五年　乙亥　民國二十四年　四十三歲

燕京大學教務長司徒雷登排擠進步教授，解聘地山。適香港大學登報招聘中國文學教授，地山符合條件（留學英國，能英語、粵語、普通話），毅然前往。舉家南遷，住香港羅便臣道一百二十五號。寫《近三百年來的中國女裝》，連載於五、六、七、八月天津《大公報》。

三月，瞿秋白在福建長汀被捕遭殺害。當時，地山曾集合友好，多方營救，要求釋放未成。

一九三六年　丙子　民國二十五年　四十四歲

任香港大學中文學院主任教授。港大中國文學課原以晚清八股為宗，教授四書五經、唐宋八家及桐城古文。地山就任後，參照內地大學的課程設置，分文學、史學、哲學三系，充實內容，文學院面目為之一新。

曾領導香港大學中外教授及學生共二十餘人，往廣西、江西、湖南等省參觀。

和許多文化界知名人士交往密切，徐悲鴻曾住家中。地山曾協助一些畫家舉辦畫展，如徐悲鴻、林風眠、高劍父、關良、王濟遠等。司徒喬、關山月、沈尹默等皆有作品饋贈地山。協助舉辦過中國古代竹簡展覽、古玉展覽，等等。

一九三七年　丁丑　民國二十六年　四十五歲

任職香港大學期間，努力社會文化活動，歷任香港中英文化協會主席。港大法蘭斯教授曾邀約地山同送藥往延安（由中國福利會籌措），惜請假未准，深為遺憾。

七七盧溝橋事變發生，全面抗戰開始。地山投入抗日救亡運動，走出書齋，走上街頭講演，寫文章，深夜幫流亡青年補習文化課，並與“漢奸文化”作鬥爭。

一九三八年　戊寅　民國二十七年　四十六歲

仍任香港大學教授。

任中華全國文藝協會香港分會常務理事；又任新文字會理事，撰寫提倡新文字運動文章，認為“中國文字不改革，民族底進步就有影響。再進一步說，推行注音字母還不夠，非得改用拼音文字不可。”

與沈雁冰、胡愈之、陳寅恪、金仲華、鄒韜奮等時有往還。

一九三九年　己卯　民國二十八年　四十七歲

仍任香港大學教授。每周任課二十小時以上。

歷任香港中小學教員暑期討論班主任委員，熱心支持文化教育事業，不遺餘力。業餘時間準備編纂梵文辭典，惜未完成。時有燕京大學畢業生嚴女士每日來繕寫卡片，已寫成三箱，後由香港運回，存北京佛教會。又撰寫《扶箕迷信底研究》，目的在破除迷信，這是道教史研究中的副產品。空餘時間，還讀日文、法文、德文、拉丁文，嗜書愛學，不知疲倦。

為香港大學女生演劇籌賑，寫歷史話劇《女國士》，演出後頗受歡迎。

一九四〇年　庚辰　民國二十九年　四十八歲

除教學外，撰寫長篇論文《國粹與國學》，後由楊剛送往《大公報》發表；一九四六年由商務印書館出版單行本，影響頗大。《扶箕迷信底研究》脫稿，商務印書館出版，胡愈之作序。還結合時勢，發表演講，並寫短文十五篇，定名《雜感集》，一九四六年由商務印書館出版。編歷史話劇《兇手》，和粵語劇《木蘭》等。曾計劃創辦業餘知能學校，提倡業餘之人教業餘之人，手草緣起，擬訂章程。即使盛暑也不休息，盡力於文化學術事業。

仍從事道教研究。與社會賢達柳亞子等來往密切。

地山《鐵魚底鰓》發表後，郁達夫特地在他主編的新加坡《華僑周報》上轉載，他說："像這樣堅實細緻的小說，不但是在中國小說界不可多得，就是求之於一九四〇年的英美短篇小說界，也很少有可以和他比並的作品。"

一九四一年　辛巳　民國三十年　四十九歲

地山在香港期間，堅持團結，堅持抗戰。皖南事變後，他和張一麐聯合致電蔣介石，呼籲團結、和平、息戰。

在暑假期間，為了集中精力完成《道教源流考》，獨往沙田蘀園埋頭寫作。工作過度，因勞致疾。七月二十八日從沙田回家，次日下午，去視察華僑中小學教師暑期討論會，晚接蔡子民夫人來訪。深夜，忽然背痛，出汗，呼吸迫促，家人為之按摩。經醫診斷為心臟病。在家養病，病中仍以笑談答謝友人慰問。八月四日下午二時，神色驟變，呼吸困難，醫生聞訊於二時一刻趕到寓所，時地山心臟已停止跳動，與世長辭了。終年四十九歲。當日下午四時許，宋慶齡先生送來花圈，與遺體告別。

八月五日午時大殮。俟松率子女和親友百餘人向遺體告別。下午三時，移靈於香港大學禮堂，學校降半旗，港九鐘樓鳴鐘，以示致哀。港大校長史樂施報告地山生平事略，深表悼念。參加祭靈的有：顏東慶、王雲旦、周壽臣、葉恭綽、馬鑒、梅蘭芳、陳君葆、陳鐵一、費招若蘭、何艾令、史樂施、張一麐等。香港大學教職工和學生、燕大旅港同學、北大同學會、保衛中國大同盟、中英文化協會香港分會、中國文化協進會、新聞記者公會以及香港和廣州的四百餘組織近千人參加祭儀。四時舉殯，由弟子扶靈出堂，安置靈車，葬於香港薄扶林道墳場。俟松率子女執紼，默視下窆，五時始畢。

八月二十一日下午三時，由全港文化界組織在加路連山孔聖堂舉行許地山先生追悼大會。宋慶齡先生送了花圈。追悼會由張一麐致詞，葉恭綽宣讀祭文，馬鑒報告生平事略。花圈、輓聯甚多。十一月九日，新加坡華僑及各界人士在新加坡中華總商會舉行追悼會，郁達夫、徐悲鴻等知名人士都送了花圈或挽聯。

地山歿矣！所著《道藏子目通檢》生前曾送交香港商務印書館付印。日寇佔領香港後，把印書館藏稿室改為馬廄，地山三萬張稿卡散失無遺。這真是終生憾事，無可彌補的損失。